その落[illegible]、誰かの形見かもしれない

せきしろ

集英社

まえがき

道を歩いていると本来そこにはあるはずのないものが存在することがある。たとえば手袋。よくある落とし物だ。

その手袋を写真に収める人もいれば、学術的にあるいは客観的に分析する人もいる。そうした行為はかなり前からカルチャーのひとつになっている。ちなみにあのトム・ハンクス氏も写真に撮っている。

私はどうするのかといえば「想像する」に尽きる。たとえば「この手袋は誰かの形見かもしれない」と考え、思い込んでみるのだ。

するとさっきまでただの手袋だったはずなのに、大きな意味を持ち始める。故人が大切にしていた手袋に見えてきたり、故人との思い出の品に思えたりしてきてドラマが生まれる。しかもそれを落としてしまっているのだから更なるドラマが追加される。私は頭の中で勝手に物語を進めていく。

別の想像をしてみる。「これは意図して落とした手袋である」と考えてみる。理由は、「帰り道がわかるように」だ。

グリム童話『ヘンゼルとグレーテル』に出てくる兄妹は石を落として、それを道しるべにして帰ってきた。2回目はパンくずを落とした。この手袋はそれに倣って誰かが落としていったのだ。無事帰ることができたなら良いが、親切な誰かが拾って交番に届けてしまい帰れなくなったのでは、なんてことも考えてみる。

次は手袋を輸送中のトラックが横転したと考えてみる。その場合は辺り一面に手袋が散らばっていなければならないが、すでに片付けられたのに一つだけ忘れられたと考えれば問題ない。

『ごんぎつね』のごんが持ってきていたものと考えることもできる。「ごん、お前だったのか。いつも手袋をくれたのは」と考え悲しくなる。きつねと手袋の組み合わせから『手ぶくろを買いに』も思い出し、想像を派生させる。

「これは罠である」とも考えてみる。手袋好きを捕まえるための罠。「やったー、手袋だ!」と喜んで近づくと捕獲されてしまうことだろう。

さらに映画『猿の惑星』パターンも想像してみる。映画のラストでは自由の女神を見つけて今いる場所が地球であると気づくのだが、私は手袋を見つけ地球だと気づいたというわけだ。

このような想像をしていることは絶対に誰かに気づかれてはいけない。じっと落とし物を見つめ、時折笑みを見せたり、悲しげな表情をしていたらそれは完全に怪しい人であり、すぐに通報されてしまう。

なぜそこまで想像するのかと問われたら「あれこれ考えるのが好きだから」というのはもちろん、少なくとも時間を潰すことができるからという理由もある。思えば、授業中、移動中、意味のない会議中、長々と続く説教中、私はいつも目に見えるもので何かを考えて、時が過ぎ去るのを待ったものだ。

この本を読んで「私ならこんなことを考える」と新たな想像をしてもらえたなら嬉しい。

目次

落ちている軍手を数えて歩く

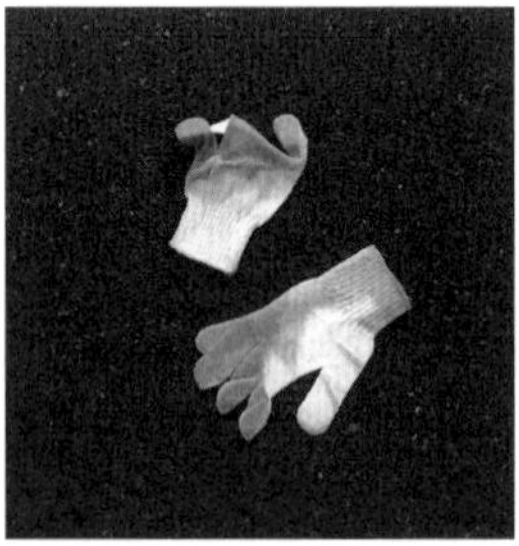

道に落ちているものの定番と言えば手袋であり、中でも当然のようにあるのが軍手であろう。あまりにも落ちていることが当たり前で、私はそれに対し何とも思っていなかったのだが、90年代初めに漫画家の天久聖一さんが落ちている軍手に注目し、色々と話してくれて、「そんなものを日々意識しているんだ！」と感動し、それから私は真似をして落ちている軍手を何かとネタに入れ込むようになった。

なぜ軍手が落ちているかという疑問の答えは、誰かが落としたから、それしかない。ただ、私は落ちている軍手を見るたびに、「この軍手には別の理由がある」と例外を考えてしまう。

なぜそこに軍手があるのか？

場所取り、決闘を申し込んだ形跡、軍手が好きだった友人へのお供えなど、いろいろ考えてみる。「この近くに手袋のなる木があるから」なんてファンタジーなことも考える。

また「変わり身の術」という考えもある。忍者が丸太などを身代わりにして攻撃させるおなじみの術だ。軍手に手裏剣が刺さっていれば確実にこの理由だ。

変わると言えば「姿を変えられた王子様」というのも考えられる。悪い魔女の魔法で軍手に変えられた王子様。「これまた凄いものに変えられてしまったな。生き物ならまだしも……」と思い、王子様も「いやいや軍手って！」と思ってるだろうなと考えつつ、いつか誰かに気づいてもらえますようにと祈るしかない。

他にも「何かと入れ替わった」というのもある。誰かと軍手が衝突した時に中身が入れ替わったのだ。映画『転校生』や観月ありさ氏のドラマ『放課後』や舘ひろし氏と新垣結衣氏の『パパとムスメの7日間』のパターンである。例をいくつか挙げたが最近だと『君の名は。』と言った方が最も伝わるだろうか。いずれにせよ、軍手と人間が衝突する機会がそもそもあるのかという疑問は残る。「そっちにある軍手取って」「はいよ」と投げられた軍手を受け取り損ねた時くらいだろう。

その他、「テレポート失敗」だとか「こういうＣＭ」という理由もある。前者は誰かがテレポートした時に軍手だけが残った、あるいは、軍手だけが突然現れたというものだ。後者は広告代理店が軍手を買ってもらおうと仕掛けたものであり、サブリミナルに近い気もするし、捨て看板のような気もする。

などと考えていたある日。

「落ちている軍手をある一定数見つけたら願いが叶うかもしれない」

私はふとそんなことを考えた。昔あった「１日にビートルを３回見たら幸せになれる」的なおまじないみたいなものだ。

いくつ見つければ願いが叶うかはわからない。「通算○枚」方式かもしれないし、「１日○枚」方式かもしれない。今度から見つけるたびに心の中で願ってみようと思う。そうしていればいつか既定の数に達した瞬間願いが叶うはずだ。

私のおかげで王子様は元の姿に戻れるかもしれない。

道には絶望も落ちている

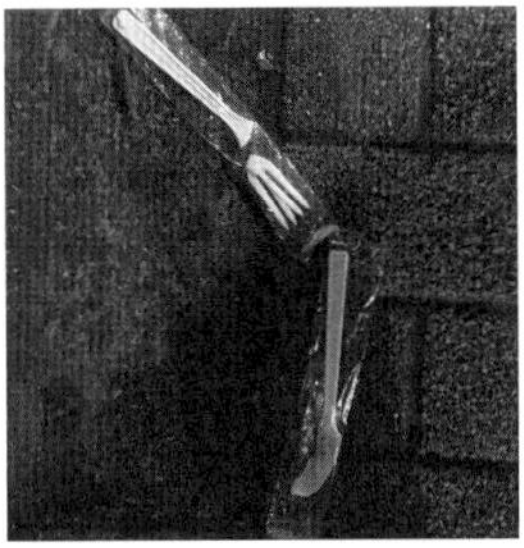

生きていれば絶望する時が必ずあって、最も絶望を感じるのは帰宅した時に玄関の目の前でカギがないことに気づくことだ。

その他にも絶望はあって、たとえば爪楊枝が入っている容器を床に落として散らばってしまった時もそうだ。何百本もの爪楊枝を集めるのは一苦労で、しかもその爪楊枝は衛生的に使い物にならない。ただただ途方に暮れて爪楊枝を見つめるだけ。まさに絶望である。

似たような絶望に綿棒を床に散らばしてしまうというのもある。綿棒は、拾い集めて容器に入れ直しても、なかなか元の状態には戻らないことも知っている分、絶望は大きくなる。

シャープペンシルの芯が床に散らばっても絶望だ。こちらは衛生的には問題ないものの、すべてを完璧なまま拾うことは困難であり、必ず何本かは折れる。

居酒屋で醤油差しを倒してしまっても絶望が訪れるし、中ジョッキを倒してしまったら絶望はもちろんのこと、周りにも迷惑をかけてしまいテンションは急降下だ。

ちなみに私は陽気なサンバ隊が来たために道路の向こう側へと行けなかったという絶望を経験したことがあり、この時は通り過ぎるのをじっと待つしかなかった。

このスプーンとフォークを落とした人も絶望に陥ったと推測される。

スーパーやコンビニで弁当を買ったのに、フォークやスプーンが入っていない時がたまにある。家に帰って食べるなら問題はないが、野外で食べるなら問題大ありだ。ビジネスホテルの場合もティースプーンしかないことが多く、なかなかの絶望となる。

お店に戻ってフォークやスプーンを貰う方法はもちろんあるのだが、弁当を買う時はすでに空腹状態であることが多く、すぐにでも食べたいくらいであり、食べる道具がないことに気づくのはすでに蓋を開けてしまった時で、いい匂いが充満した後だったりする。その状態からお店へ戻ることは至難の業である。とにかく今すぐ食べたいし、なんといっても面倒だ。結局蓋をなんとか工夫して道具を作るか、もういっそのこと道具なしで食べる、なんてことにもなる。それは仕方のないことではあるが、おいしさが失われてしまうものでもあり、自分の食欲という本能を強烈に感じる時でもある。

目の前のフォークとスプーンの状態から導き出した私のオリジナルのプロファイリングによると、落とし主は店に引き返したと考えられる。なぜならフォークが折れているからだ。きっと「フォークもスプーンも入ってない！　これでどうやってパスタとゼリーを食べろと言うんだ。あの店員、どうしようもないな！」と勝手に店員のせいにして激怒し、お店へと戻る途中に踏んでしまったのだ。フォークを踏んだ感触と音が落とし主の動きを止め、実は自分が落としていたことと、店員は悪くなかったこと、そして自ら使い物にならなくしてしまったことを知る。きっと絶望とともに立ちすくんだに違いない。

文枝師匠でなければ誰が落としたというのか

落とし物を見つけた時、それをいつ、誰が、どのように落としたのかを正確に知ることはほぼ不可能である。だがその分、想像が膨らむ。それが落とし物を見つけた時の醍醐味である。

想像は自由であるからなんだって考えられる。アロンアルフアの落とし物を見て「桂文枝師匠が転んだ時に落としたのではないか？」と考えてみることだってできる。

桂文枝師匠と言えばテレビ番組『新婚さんいらっしゃい！』で、椅子から転げ落ちるパフォーマンスがおなじみだ。あの時にポケットの中に入っているものが飛び出してしまっても不思議ではなく、それが落とし物になったと考えることができる。たとえば家のカギ、

小銭、ガム、パチスロのコイン、映画の半券、焼き肉店で貰ったガム。どれも桂文枝師匠が倒れた瞬間、床に散らばるだろう。もしもポケットいっぱいにドングリが入っていたら、舞台上を縦横無尽に転がっていくはずだ。

しかし実際にはそんなシーンを見たことがない。なぜなら桂文枝師匠はポケットに家のカギなどを入れて本番に臨まないし、ドングリでポケットをいっぱいにするほど子どもではないからである。

ところが、アロンアルフアとなると話は別である。アロンアルフアなら本番中ポケットに入っていてもおかしくない。

桂文枝師匠は椅子ごと倒れるわけであるから、椅子が破損してしまう時もある。破損状態によってはその後の進行の妨げになってしまう。そんな時のために、応急処置用としてアロンアルフアをポケットに忍ばせていても不思議ではない。それがポケットから飛び出して落とし物に、というわけだ。

また桂文枝師匠はただ転げ落ちるだけではなく、その後に履いていた靴を投げるなどの行動をプラスすることがあって、それがセットを壊してしまう場合もある。その時もすぐに補修することができる。また蛇足ではあるが、医療用のアロンアルフアAというものもあり、桂文枝師匠が転がり落ちて怪我をしてしまった時用にそれがポケットに入っている可能性だってある。

などと思いを馳せてみたが、それは収録スタジオでの話である。屋外に落ちているアロンアルフアも桂文枝師匠のものだと考えるのは無理が生じる。桂文枝師匠が転がり落ちるのは番組の中だけであって、所構わず転んでいるわけないし、いつでも転んでいたら心配になってしまう。

ここで桂文枝師匠が転んで落とした想像は終わる。ならば誰がどのように落としたというのか？　私の想像は続く。

こういうふうに落とし物を見つけあれこれ考えていれば、待ち合わせ相手が遅れていたとしても苦ではないのである。

靴底のないシンデレラを探している

靴底が落ちていること自体はさほど珍しいことではない。古い靴や安い靴だと取れてしまっても不思議ではなく、スニーカーが加水分解してしまうこともある。道を歩いていると意外と落ちているものだ。

そのため靴底が落ちていても特に興味を持たないのだが、靴底の落とし主のことを考えると話は変わってくる。

先も述べたように靴底が取れるまでは理解できても、その後落とし主が「靴底がない！」と気づく時があったわけで、それがどのタイミングだったのかはまったくわからない。気になって仕方なくなり、想像がどんどんと膨らんでいく。

靴底がそのまま残っているということを考えると、落とし主が気づいたのは靴底が取れた直後ではないと推測できる。もしもすぐに気づいたのならば靴底を拾って応急処置を施すなり、持ち帰って直すなりするはずで、放置することはない。あるいは親切な人が「靴底取れてますよ！」と渡してくれることもあるだろう。

となると靴底が取れたことに気づいたのはそれなりの時間が過ぎてからということになる。教えてくれる親切な人もいなく、今さら引き返すのが面倒になり、そのまま放置することになったのだ。

ここで問題になってくるのが、その気づくまでの「時間」だ。数分なのか、数時間なのか、数日なのか。

そもそも靴底のない靴は靴ではない。それはアベベ氏がマラソンを走った時と同じ状態であり、両足の靴が脱げてしまった谷口浩美氏のようなものだ。突然、しかも2回連続でマラソンでたとえられてピンときていない人のためにわかりやすく草履でたとえると、鼻緒しかない状態である。それはもう草履ではない。

そんな状態なのだから違和感はあったはずだ。地面を踏んだ時の感触が違うはずだし、冷たかったり熱かったり、時には痛いことだってある。それなのにしばらく気づかなかったということは、何かに集中していたのだろうか？　もしかしてアプリゲームに夢中になっていたのか。ガチャを回し終わって欲しかったものが出て、一息ついてやっと気づいたのかもしれない。

もちろん他の理由もある。それは急いでいた場合だ。何かに遅刻しそうになり、急いで走っている途中に靴底が取れてしまう。しかし気づくことなく一心不乱にそのまま走り続けたというわけだ。気づいたとしても靴底に構っている時間はなかったのだ。

これって何かに似てはいないかと考える。そしてすぐに答えは出る。そう、シンデレラだ。あちらはガラスの靴であったが、こちらは靴底。この後、王子様が靴底の持ち主を探し始めるのか？

などと様々な想像をしてきたわけだが、落とし主がまだ気づいていないというパターンもある。いまだ底のない靴を気づかず履いているのだ。これは大変奇異な事例であって、私の頭で想像できる範疇を超えているので、考えないことにした。

百万円のお札は怒りしか生まない

私は年に一度は財布を拾う。それが他の人より多いのか、それとも少ないのかはわからない。拾った財布が当時テレビによく出ていたタレントさんのものだったこともあった。財布だけではなく、お金を拾うこともよくある。断然硬貨が多いが、紙幣もある。きっと下ばかり見て歩いているからだろう。ちなみにお金を拾う夢もよく見るのだが、夢占い的には良くない結果が出そうなので調べることはないし、人にもあまり言わない。

ここにも紙幣が落ちている。しかしこれは百万円札という実際にはない紙幣。しかも破られている。

この光景から伝わってくる感情は「怒り」だ。そこになぜ破れているのかの理由が隠されている気がする。私は百万円札が破られるまでの過程を想像し始める。

道を歩いているとお札が落ちている。テンションは一気に上がり、喜び勇んでお札のもとへと駆け寄って拾い上げる。漫画ならここで天使と悪魔が出てくるだろう。天使は「交番に届けましょう」と促し、悪魔は「ネコババしてしまえ」と囁く。一瞬迷いが生じてしまったとしても仕方ない。しかしよく見ると百万円札ではないか。ただのジョークグッズである。気づくと天使も悪魔もどこかへ行ってしまい、残されたのは騙された悔しさと恥ずかしさ。やがてそれは怒りへと変わり、破り捨てる。こうして誕生したのがこの破れた百万円札なのだ。

別のパターンも考える。銀行強盗がお金を奪い逃走。逃げ切ったところでお金の入った鞄を確認する。すると一万円札ではなく全て百万円札。罪を犯してまで手に入れたのはジョークグッズ。やり場のない怒りから「畜生！」と破いて捨てる。そうして誕生したとも考えられる。

マジシャン志望の人がお札を使ったマジックの練習をした跡ではないか、という考えも捨てきれない。マジックがなかなか上手くいかなく、己の不甲斐なさに苛立ち、破って投げ捨てたのだ。

また、陶芸家が納得のいかない作品を投げて割るように、百万円札を作る職人が納得いかなくて破いて捨てた可能性だってある。

「百万円札だと気づいていない二人が奪い合った跡、というのもあるな……」

私の想像は止まらなくなる。

ところで、私も以前百万円札を持っていたことがある。舞台で使う小道具として買ったのだ。私の持っていたものはたしか百万円札のメモ用紙だった。

舞台が終わった後、引き出しに入れて保管していたのだが、引き出しを開けると「こんなところにお金が！」と忘れていたヘソクリを見つけた時のように驚き、嬉しくなって、しかしすぐに百万円札だとわかってガッカリした。結局私はそれを何度も繰り返してしまい、いい加減苛立ち、ついには怒りに任せて破いてゴミ箱に捨てることにした。

思えばそこにも「怒り」があった。

記憶のソフトクリームはいつまでも溶けない

まだ私が小学生の頃に住んでいた小さな町にソフトクリームを売る店があった。

ある日、弟が食べたいというので買いに行った。当時は今のようにソフトクリームにいろんな味はなく、バニラとチョコと、そのミックスの三つしかなかった。バニラも良いし、チョコも良い。私は選べなくていつもミックスにしたものだ。

弟は幼く、どうせ全部食べられないだろうから残りをもらおうと思い、ひとつだけ注文することにした。弟も選べなかったようでミックスを注文した。

店の人がコーンを持ち、機械から出てくるアイスを回転させながら載せていくのを見て、凄いなあと感心した。出来上がったソフトクリームを渡された弟は喜び、はしゃいで走り

出した。そして私の方を振り返った瞬間、アイスが道路に落ちてしまった。

その姿を見て「何やってんだ」と呆れた。次に「ふざけるからだ」とか「せっかく買ったのに」と怒りがこみあげて来て怒鳴りたくなった。しかし、呆然と落ちたアイスを見続けている弟を見ているうちになんだか面白くなってしまった。手にはアイスがないコーンだけをしっかりと持っていて、私は笑いそうになった。からかってやろうと近づくと、弟が泣きそうになっていることに気づき、今までの感情はすべて消え去り、優しくしなければと思った。「しょうがないよ」と声をかけようとした時、知らない大人がやってきて「それを早く片づけろ！」と強い口調で言った。落としたのはこっちであり、後始末をしなければいけないのは当たり前で、それは頭でわかっていたが、まだ子どもの私は「大人は優しいもの」とどこかで思っていたために驚き、ショックを受けた。「早くしろ！」とまた言われて、「ごめんなさい。片づけます」と答えたものの、片づけに使えるものを何も持っていなくて、私は溶けかかってミックスのバランスが崩れ始めたアイスを手ですくって、近くにあったゴミ箱に入れた。「まだ残っている」と言われて、またすくって捨てた。「まだだ」とまた言われた時にはもうアイスはなく、湿った砂と土をすくって捨てた。終わると知らない大人は何も言わずいなくなり、私は手を洗いに公園へ向かった。

水飲み場の蛇口から出てくる水で黒くなった手を洗っていると、なんだか親や先生にひどく怒られた後のような気持ちになり、鼻の奥が泣く前のようにツンと痛くなった。

弟はまだコーンの部分を持っていて、「アイスが少し残っているよ」と言った。見るとコーンの上部にアイスの白い部分がかろうじてあった。弟はそれを舐めて「おいしいよ」と言った。「兄ちゃんも半分食べなよ」と弟にコーンを渡され食べた。かすかにアイスの味がした時にはもうみじめで憂鬱な感情はなくなっていた。

落ちているソフトクリームはあの時を鮮明に思い出させる。この記憶はいつまでたっても溶けることはない。

悲しい「ＰＡＳＭＯ」が落ちている

都内で「ＰＡＳＭＯ」が落ちていたとしてもさほど珍しいことではない。「Ｋｉｔａｃａ」や「ＰｉＴａＰａ」、「はやかけん」が落ちていると別だろうが、ＰＡＳＭＯがあっても興味が湧くことはない。

それなのに落ちているＰＡＳＭＯに興味を抱いたのは、（レッスン）というわずか数文字の言葉が黒いペンで書かれていたからだ。この文字でＰＡＳＭＯに対する見方が大きく変わるのだ。

まず、落とし主を想像してみるわけだが、もっとも感情を揺さぶるのは子どもに設定した時だ。中肉中背の中年男性と考えるよりも悲しさが段違いだ。

仮にダンスのレッスンだとしよう。するとこのＰＡＳＭＯはダンスのレッスンに通っている子どものものということになる。きっと親から渡されたもので、子どもにとっては絶対に落としてはいけないものだ。それが落ちている。そこに悲しさ以外何があるだろうか。ＰＡＳＭＯを落としたことに気づいた瞬間焦ったことだろう。何度もポケットを捜し、鞄の中を捜し、それでも見つからなくて泣いてしまったかもしれない。

それよりも子どもは親に怒られるかもという気持ちが大きくなってしまった可能性がある。「あんた、なんで落とすの！」「ボーッとしているからだよ！」との声が聞こえてきそうで、歩いた道を引き返して泣きながら捜している姿が目に浮かぶ。

「親に怒られてしまう」と考えてしまうのは痛いほどわかる。今考えると親は怒らないだろうし、怒るようなことでもないし、怒ったところでたいしたことないのだが、それは今自分が中肉中背の中年男性であるからわかることであって、当時はわかるわけがない。小学生の時に万年筆を買ってもらったのだがどこかで落としてしまい、捜しても捜しても見つからなくて、怒られるのが怖くて家に帰ることができなくて、するとどんどん日が暮れて来て、今度は遅くまで外にいることで怒られることも加わり、どうすれば良いかわからなくなったことを思い出す。子どもの頃に何か落としてしまった時の焦りはいつまでも残っているものだ。

私の想像は続く。（レッスン）以外の言葉が書かれていたらどうなのだろうかと。

悲しくなるとしたら、（緊急用）という言葉であろうか。何かあった時のために持っていたＰＡＳＭＯを落とす。もはや絶望しかない。想像すると悲しくなる。

あるいは（おつかい用）も悲しくなる。電子マネーでのおつかいの練習をさせるためのＰＡＳＭＯということになるだろうが、私はおつかいという言葉を見るとすぐに『はじめてのおつかい』を連想してしまって泣けてしまうので、この場合、何も想像しなくても涙を流す。

私はさらに考える。文字以外で悲しくなるＰＡＳＭＯはあるのかと。

泥が付いていたらどうだろう。ドラマ『北の国から』に出てきた一万円札のように泥が付いているＰＡＳＭＯ。それはそれで悲しい。ドラマでは一万円札が2枚あったから、きっと二万円チャージされているに違いない。しかしこの場合似合うのは「Ｋｉｔａｃａ」か。

ニュートンは万有引力を発見し キティちゃんは身長計測する

道にリンゴが落ちている。近くにリンゴの木がないのなら、それはなかなか珍しい光景であり、アスファルトの上の赤さに私は思わず足を止めてしまう。しばし見つめた後、たいていの落とし物に対してそうするように、なぜリンゴがそこにあるのかを考え始める。

リンゴと言えば真っ先に思い浮かぶのは風邪をひいた時のことで、母親がすりおろしたリンゴを食べさせてくれたことだ。食欲がなくてもそれは口に入れることができて、酸味があってジューシーで、ただただおいしかった記憶しかない。しかしその記憶は郷愁を覚えさせてはくれるが、「なぜここにリンゴが?」という問いの答えにはならない。

そこでさらに考えて、キティちゃんが身長を測った痕跡かもしれない、という理由に辿り着く。キティちゃんの身長はリンゴ5個分とプロフィールにある。そこからわかるように、キティちゃんはリンゴを使って計測する。きっと測り終えた後にリンゴを4個持って帰ったが1個だけ忘れてしまったのだろう。それが今目の前にあるリンゴだ。そんな想像ができる。

もちろん疑問もある。なぜ道端で身長を測ったのかということだ。それは「どうしても測りたかったから」という理由で良い。あるいは「そこにリンゴがあったから」か。リンゴを持ち歩いているうちに測りたくて仕方なくなったのだ。キティちゃんの将来の夢はピアニストか詩人とのことであるから、芸術家的な行動とも考えられる。

ちなみにキティちゃんの体重はリンゴ3個分である。そこから「体重を量ろうとしたのでは?」とも考えてしまうが、身長に比べて体重は計測しづらい。前者はただ積み上げるだけで自分の背と比べられる。一方後者はそうはいかず、体重計、天秤、あるいはシーソーが必要になる。そのため体重ではなく身長と考えるのが良い。

またリンゴと言えばウィリアム・テルのことも思い出す。「息子の頭の上に載せたリンゴを矢で射るか、それとも死ぬか」の選択を迫られ、見事リンゴを射貫くことに成功する、という童話を幼少の頃幾度も目にしたものだ。

今度はそのリンゴであると想像を膨らませてみる。しかし落ちているリンゴには矢が刺さっていない。刺さった跡もなく、それどころか傷すらも見当たらない。となると矢を射ることを止めたか、あるいは矢が当たらなかった可能性が浮上し、チャレンジ失敗と考えられる。「もしやリンゴではなく息子に矢が……!」と、バッドエンドを想像してしまう。

そこで軌道修正する。用意したリンゴは1個ではないと考えるのだ。本番まで何があるかわからない。用意したリンゴが傷んでいる可能性もあるし、載せた時に「うーん、このリンゴじゃないな。別のある?」となる場合だって考えられる。ウィリアム・テルのこのチャレンジは多くの人が注目する一大イベントであるから、失敗は許されない。そこでスタッフが数個、念のためにいくつかのサイズ、さらにはいくつかの品種も用意したはずだ。そのうちの1個、たとえばリハーサル用の1個、それが目の前にあるリンゴと考えれば、成功したリンゴは別にあることになるのだからバッドエンドではなくなる。

私はホッとし別の落とし物を見つけるまでまた歩き出す。

ラッキィ池田と象のジョウロのミステリー

象のジョウロが落ちている。

落とし物は誰のものなのかわからないのが常であるが、これなら話は別だ。象のジョウロと言えばラッキィ池田氏だ。彼はいつも頭の上に象のジョウロを載せている。逆にラッキィ池田氏以外で載せている人を知らない。つまり落とし主はラッキィ池田氏以外考えられない。

ではなぜラッキィ池田氏のジョウロがここにあるのか。気になるのはその一点となる。ラッキィ池田氏は振付師である。そこでダンスを踊った際に落としたのではないかという仮説が浮かび上がる。この近くに大きなガラスがあれば、それを鏡代わりにしてダンス

の練習をした可能性が高い。ついつい熱中してしまい、動きは本番さながら激しくなり、その時落としたと考えられる。

次に考えられるのは、目上の人に出会ったからという理由だ。挨拶する時に帽子を取るように、ラッキィ池田氏は頭のジョウロを外したのではないだろうか。いや、目上の人ではなくてもジョウロを外したはずだ。なぜならこの日は雨が降っていた。つまり雨水が頭上のジョウロに溜まることになる。その状態でお辞儀をするとどうなるか。そう、雨水は象の鼻から出て、すべて相手に降り注ぐことになる。びしょ濡れになった相手は激怒する。それを避けるためにジョウロを外すというわけだ。

ジョウロだけがそこにある、という事実からラッキィ池田氏が忽然と消えた可能性も考えられる。事件や事故、もしくは大きな鷹に連れ去られた等、何らかの理由で消えたのだ。彼の身に何があったかはわからないが、メッセージとしてジョウロをわざと落として行ったと考えられる。ジョウロに触れ、まだぬくもりが残っていれば、ラッキィ池田氏はまだ近くにいるはずだ。

消えた理由が受動的ではなく、能動的な場合もある。つまり自ら消えたということだ。たとえば透明人間になる薬を飲んだために、ラッキィ池田氏は見えなくなった、とも考えられる。

薬を飲み、やがて効いてくる。自分の手を見ると透けている。服を脱ぐと自分の身体が見えないではないか。「本当に透明人間になった！」とテンションが上がり、「さあ、イタズラするぞ！」と外に飛び出す。しかし街行く人がみな自分の方を見て驚いている。「透明になったはずなのにおかしいな……」と思い、ショーウインドウに自分の姿を映してみる。するとどうだろう。確かに身体は透明なのだが、頭のジョウロはそのまま。取り外すのを忘れていたのだ。これではジョウロだけがずっと宙に浮いて移動していたわけだから周りの人も驚くはずだ。そこで慌ててジョウロを外して投げ捨てた。それが目の前にあるジョウロだ。今頃ラッキィ池田氏は透明人間になったことを謳歌していることだろう。

他にも『西遊記』に出てくる金角銀角のひょうたんのように「ラッキィ池田氏が返事をしてしまったのでジョウロに吸い込まれた」という理由も考えたのだが、なんだかややこしく、夕方になって寒くなってきたので頭も回らなくなり、私はその場を立ち去ることにした。春はまだ先のようだ。

お正月の後はお正月の前

私は正月が好きだ。あの非日常感が良い。正月の朝にいつもより澄んだ空気を吸って、この真新しさにいつまでも浸っていたいと思うのだ。また、12月になったあたりから「今から何かやり始めるより、新年から心機一転頑張ろう。その方がキリが良い」などと思い始める私にとって、正月のリセット感もたまらない。

とはいえ、特に正月らしいことをするわけではない。羽子板をしたことはない。回すコマもない。カルタは持っているが遊ぶことはない。凧揚げは万が一高く揚げてしまった場合に注目を浴びることになりそうで怖い。強いて言えば初詣と餅を食べるくらいなのだが、とにかく正月に身を委ねていたくて仕方ない。

しかし、正月は永遠のものではなく、終わりがくる。少しずつ日常へと戻っていく。

朝の電車がまたラッシュになっていく。

銀行は通常営業に戻る。

かまぼこの値段が下がる。

テレビはいつもの番組に戻り、朝から駅伝などやっていない。

フジカラーのCMはもちろん、地元の企業の静止画のCMを見ることもない。

店のシャッターから「年始は○日から営業します」と書かれたポスターが剝がされる。

郵便ポストの投函口が通常になる。

もう福男は決まっているし、荒れた成人式も終わる。

年賀状はもう届かない。

餅売り場も沈静化している。

思えばクリスマスが終わり、世の中がガラリと年末モードに切り替わる頃が一番楽しかったかもしれない。テレビからは佐野厄よけ大師のCMが流れ、ゴミ集積所には年末年始の予定が貼られ、商店街の一角でしめ縄が売られ始め、ATMに長蛇の列ができる。どこからか聖書についてのアナウンスが聞こえてくることもあれば、第九が聞こえてくることもある。私は思い出に浸り続ける。

そうしている間にも時は過ぎ、気づけば節分もひな祭りも終わり、スーパーではお彼岸に使うロウソクが存在感を示す時期になっている。受験シーズンも卒業シーズンも過去のものだ。さすがの私も正月を諦めようと思い、現実を受け入れようとする。

ところがだ。道に思わぬものが落ちていた。

それは紛れもなく正月飾りである。まさかこんなところで正月飾りに出会えるなんて。感動で私は立ちすくんだ。

そう、正月はまだ残っていたのだ。私は正月を諦めようとしていた自分を恥じた。

「正月はまだ終わっていない。これからも正月気分でい続けよう！」

道に落ちていたもののおかげで前向きになる日が来るとは思ってもいなかった。

また負けそうになったら録画した正月番組を見よう。そこには正月がたくさん詰まっていて、爆笑問題がきっとネタをやっているはずだ。

カンロ飴が何よりも綺麗だった頃

子どもの頃に住んでいた町の外れの方に公営住宅があった。コンクリートのブロックでできた今では懐かしい長屋造りの建物がいくつも並んでいた。屋根の色は赤だったか青だったか忘れたが、たしかどちらかだったはずだ。私の父親は教師だったので、私たち家族は教員専用の住宅に住んでいて、そこも決して新しい建物ではなかったが、それよりもさらに古く思えた。

クラスメイトの何人かはその公営住宅に住んでいて、M君もそこに居た。

M君が着ている服は新しくなくて、かつ綺麗でもなかった。勉強もあまりできなかった。かといってスポーツも得意ではなかった。ただいつもニコニコしていた記憶がある。

私はM君も含めた何人かのグループでよく遊んだ。M君たちの公営住宅と私の教員住宅は同じ方角にあったので、放課後は一緒に帰って、そのまま遊ぶ流れになった。

M君の家に行くと、いつも片付いていなかった。しかし子どもにとってそれは嫌なものではなかった。M君の父親や母親を見たことはなく、居間にはM君のおばあちゃんがいて、何かの作業をしていた。今思えば内職だったのだろう。その周りに幼い弟や妹がいた。

私たちが遊びに行くとおばあちゃんはいつも私たちにお菓子をくれた。「Mと仲良くしてくれてありがとう」と言って手渡してくれた。それは決まってカンロ飴だった。それは丸い琥珀のようで、古いレースカーテンの隙間から差し込んでくる西日に照らされて宝石のように輝いていた。

私はカンロ飴越しに向こうの景色を見ようと覗いてみたことがある。きっと見えるものがすべて輝いて見えるだろうと思ったのだ。しかし何も見えず、目から飴を離すと、散らかったM君の家が見えるだけだった。

私たちは恐ろしく子どもだったが、時折急激に大人になる時があった。今まで知らなかったことを知ったり、自分の中に存在しなかった価値観が突如生まれたりする。M君に違和感を覚え始める友人もいた。

ある日、いつものようにカンロ飴をもらった帰り道に、誰かが「これ、おいしくないよな」と言った。誰かが「俺もそう思う」と言った。「Mの家に行きたくない」という言葉も聞こえた。そして誰かが飴を道に捨てた。次々と捨て始め、私も捨てた。オオバコの葉とシロツメクサが生えている道端で、夕暮れの色と飴の色が同化していた。

帰宅した私は食べ物を捨てるという罪悪感とM君に対する罪悪感が合わさり大きくなって、耐えられなくなりこっそり捨てた場所に戻った。

しかしそこにはもう飴はなかった。誰かが拾ったのか。それがM君だったら……。

大人になった今、落ちている飴を見つけた。綺麗な色のカンロ飴だった。

私はM君のことを思い出した。昭和50年代という恐ろしく昔のことだというのに、私はずっとカンロ飴の中に閉じ込められている気がする。

「小林尊に会いたい」と願う短冊の行方

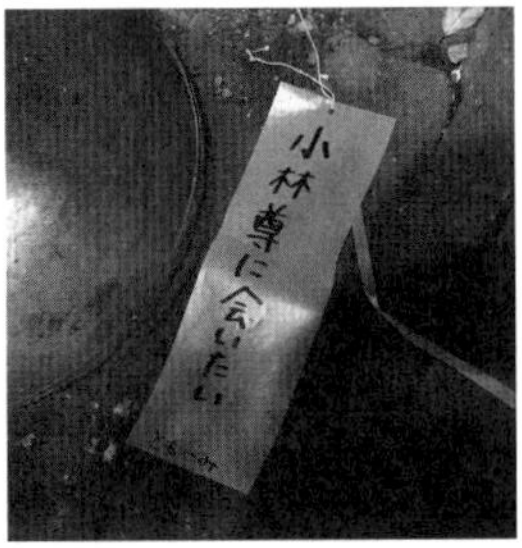

子どもの頃の七夕の思い出がない。七夕で盛り上がっていた記憶がないのだ。土地柄なのか。あるいは私が七夕にまったく興味がなかっただけなのかもしれない。

上京して七夕というイベントを身近に感じるようになった。七夕が近づけば駅やスーパーや商店街に短冊が溢れていて、書かれている願い事を見て時間を潰すこともあった。特に子どもの願い事は飽きることはなかった。

私は七夕について無知であったから、七夕が終わった後、願い事が書かれた短冊はどうなっているのか知らなかった。どうするのが一番良いのかも知らない。だからと言って調べることなどなかったのだが、この日私は初めて調べることになる。なぜなら一枚の短冊が落ちていたからである。

『小林尊に会いたい』

そう書かれたピンク色の短冊。その鮮やかな色となかなか目にすることのなさそうなレアな願い事に私は足を止めた。七夕は数日前に終わっている。他の短冊はもうない。ということは道に落ちたまま数日経っていることになる。

いわばこの短冊は予選落ちしたようなものだ。もはや願いが叶う気がまったくしない。どこか陽気で無邪気な願い事も相まって悲哀さだけが増大していく。しかし敗者復活の道もなくはない。今からでも他の短冊と同じ状態にすれば良いのだ。すると再び同じ土俵に上がることになり、願い事が叶う可能性が出てくる気がする。そのためには他の短冊はどう処理されたのかを知らなければ始まらない。そこで私は七夕後の短冊について調べたのだ。

二つの方法があった。一つ目は「燃やす」というもの。神社でのお焚き上げもこれに含まれる。もう一つは「川に流す」というもの。昔はそうしていたらしい。今頃他の短冊はどちらかの状態にあると考えられる。

この短冊にはどちらの方法が良いだろうか。神社に持って行かなくても燃やすことは可能だ。大量にあるわけではなく、1枚しかないのだから自分で燃やしても危険なことはない。一方、川に流す方法は環境への配慮により禁止になっているところも多いらしい。ホットドッグを作る過程では、パンを焼く、野菜やソーセージを炒める、あるいは茹でる、と火を使う。小林尊関連の願いを叶えるならホットドッグに関係した方法が良さそうだ。それなら燃やすのがベストか。

ところが私はあることを思い出す。小林尊は試合に向けて水を飲んで胃を大きくしていくということを。そう、彼の大食いには水が必要不可欠なのだ。ならば環境に配慮した方法さえ見つかったなら、水に関係する方がこの願いが叶う気もする。さらに私は別の情報を思い出す。小林尊はホットドッグを食べる時に、パンをお湯に浸すということを。お湯を作るには火と水がいる。つまりどちらも必要。

ならばまず短冊を燃やし、その灰を川に流す。これなら火も水も使う。短冊一枚分の灰ならば環境的にも問題ないだろう。これで決定だ。

私ができるのはここまで。あとは誰かに任せよう。

携帯電話のストラップからは彼女しか思い出さない

ストラップが落ちていた。

ストラップを見るとベッキー氏を思い出す、私はそんな世代だ。スイカを見ると志村けん氏を思い出したり、カイワレをみると菅直人氏を思い出したり、成人式を見ると吉村作治氏を思い出したり、サッカーの審判を見ると三井ゆり氏を思い出す世代というのもあるだろう。ちなみに私はそのすべてに当てはまる。

もちろんベッキー氏のストラップを知らない世代というものも存在する。もしかしたら携帯電話にストラップを付けることすらも知らない世代もあるだろう。「ストラップって何ですか？」と質問される時もきっと来る。

ベッキー氏は携帯電話（いわゆるガラケー）に大量のストラップを付けていた。それを知らない人は頭の中で多くのストラップを想像するだろうが、実際にはその数倍はあると思って構わない。

それほど大量であるからベッキー氏が歩くとストラップ同士の衝突音が生じる。そのためベッキー氏が近づいてくるとすぐにわかった。どんなに忍び足で歩いても無駄で、後ろから近づいて「だーれだ？」と両手で目隠しをする戯れもすぐにばれてしまった。敵のアジトに忍びこんだり、野生動物を観察したりするのも難しかった。

ベッキー氏が最も苦手としていたのはかくれんぼである。どんなに上手に隠れてもストラップが出てしまうので見つかってしまうからだ。

また、あれだけの量であるから重さもあった。正確な数字はわからないが、飛行機に乗る際は機内に持ち込めなかったとか、ゆうパックでは送れなかったなどと言われていたが、ストラップを外すとベッキー氏のスピードはかなりアップするとも言われていたので、かなりの重さだったのだろう。ストラップを外すベッキー氏に目を奪われた次の瞬間、ベッキー氏が背後に移動していた、なんてこともあったらしい。

ではなぜそこまでストラップを付けるのかというと、それは好きだからという理由に他ならず、「無人島にひとつだけ持っていけるとしたら?」の問いにベッキー氏はもちろん「ストラップ」と即答するし、砂漠で遭難した際に見る蜃気楼は水ではなくストラップであるはずだ。たとえば乗っているボートが沈みそうになり、できるだけ荷物を捨てて軽くしなければいけない時でもストラップを捨てることはない。そこまで好きならば子どもの名前を「ストラップ」にするのではないかと思うだろうが、ベッキー氏は聡明であるから、キラキラした名前を付けることはない。たとえ付けたとしても「根付」くらいだろうか。時折ベッキー氏がストラップに意地悪する時があるが、それもまた好きだからである。

などと、ストラップを見ながら私は嘘を考えまくった。いつしか私の頭の中はストラップでいっぱいになった。

いっぱいになったと言っても、ベッキー氏が付けていた数には到底及ばない。

世界で一番哀愁漂うドアプレート

昔、松田優作主演の『探偵物語』というドラマがあった。オープニングで松田優作が『CLOSED』と書かれたドアプレートをひっくり返すとそこに『探偵物語』とタイトルが書かれていて、それが子どもながらにカッコいいと思ったものだ。思えば私がドアプレートを初めて意識した時かもしれない。

親戚の家に遊びに行くと、年上のいとこの部屋にもドアプレートがあった。それは『勉強中』だとか『睡眠中』だとか『外出中』などと替えられるタイプのものだった。それがまたカッコよくて仕方なかった。家族旅行で行った観光地に似たようなプレートが売っていて、今思えばそれはかなりファンシーなデザインであって『外出中』ではなく『外出中ダヨ』という時代を感じさせる表記であり、かつ『○○湖』という地名も入っていた記憶があるが、それでもドアに付けると自分だけの部屋ができた気がして満足した。

中学生になって友達の家に行くとドアにアクリル製の『立ち入り禁止』と書かれたプレートが貼ってあって、私はまたしても憧れた。帰宅してすぐにファンシーなプレートを外し、似たようなものを探しにホームセンターに行った。そこで『社長室』というプレートと『非常口』というプレートを買い、カッコいいと思って自分の部屋のドアに付けた。当時住んでいたのは平屋の住宅で、ドアと言っても引き戸であったし、ほぼ開けっ放しだったので社長室とはかけ離れたものだった。それでもそこは社長室で、しかも非常口を兼ねていた。

やがてドアプレートが突如恥ずかしくなり、ドアに何も付けない大人になった。付けたとしてもホテルで『起こさないでください』のプレートを使うくらいだ。

ある日道に落ちているプレートが私の足を止めさせた。それには『営業中』と書かれていて、アスファルトの上で白さが際立っていた。どこかの店で使用しているものが風で飛んできたのか、あるいはもう使われていないものなのかはわからなかった。

街を歩くと店の前には『営業中』や『準備中』などのプレートがある。よく見ると『営業中』だけではなく、『一生懸命営業中』だとか『心込めて営業中』などバリエーションがあることに気づく。営業中という言葉を使わないパターンもあり、『只今元気に商い中』や『やってます』、『おいでませ』などもある。どれも似たようなフォントであることが多い。

私は考える。同じ店が並んでいたとする。店構えもメニューも味も同じ店だ。唯一違うのはドアの前のプレート。つまり判断材料はプレートのみ。その場合、私はどの店に入るか考えたなら、やはり『営業中』のみ書かれたシンプルな店を選ぶ気がする。

ただ、道に落ちている場合は話は別だ。今度は哀愁勝負になる。『営業中』もなかなか哀愁があるが、『心込めて営業中』のプレートの方が哀愁はかなり増す。『おいでませ』が道に落ちていたらもう悲しさしかない。

ただ落ちているプレート全般で哀愁ナンバーワンは何かというと、あの日買った『社長室』に違いない。

粘着テープで芸術作品をつくる

若い頃に住んでいた古いアパートのドアの鍵が壊れたことがあった。ドアを閉めると勝手に鍵がかかるようになってしまったのだ。まるでオートロックである。古いアパートなのにドアだけグレードアップしたのだ。

それはそれで良いと思っていたのだが、すぐに問題点が浮上してきた。たとえばちょっと近所のコンビニに行くとか、あるいはゴミを捨てに行くとか、当時は洗濯機が外にあったので洗濯する時とか、それまでいちいち鍵をかけずにいた時も勝手に閉まってしまうのだ。そういう時はいつも鍵を持っていなかったから部屋に入れずに困ってしまった。ホテルのオートロックならフロントに連絡すれば済むが、アパートではそうはいかない。幸い窓の鍵も壊れていたのでそこから入ることはできた。

とはいえ毎回注意して鍵を持ち歩くのも、窓から入るのも、靴を挟んでドアが完全に閉まらないようにするのも面倒で、そこでドアのデッドボルト（鍵をかけた時にドアの側面から飛び出す四角い部品）が勝手に飛び出してこないように粘着テープを貼って止めた。

これでもう勝手に鍵がかかることはなかった。同時にどんな外出でも鍵はかけられなくなって防犯上の問題があったものの、煩わしい作業はなくなり気分がすっきりしたことを覚えている。

粘着テープというものは梱包や段ボール箱の封に使うことが多いが、それ以外にも使用用途はあり、そこには「緊急性と工夫」があることが多い。服についたほこりを取ったり、窓ガラスのひび割れを補修したり、店の看板の不要な文字を隠したり、時には前の店舗の名前を全て隠したり、車のミラーやバンパーを固定したりと、街を歩けば粘着テープに出会うことが多い。折れた眼鏡を粘着テープで直している人に出会うこともある。

この日私が出会った落とし物もそのひとつだ。靴底と何かを形取った粘着テープ。それが何であったか一目瞭然だ。

壊れた靴を粘着テープで補修し、履物として復活させた、きっとスリッパに近いものだったと思われる。粘着テープが長く伸びた部分はもしかすると足首に巻くためのものであり、すぐに脱げてしまわないようにするものだったのだろう。

これは「緊急性と工夫」の塊である。作品といっても過言ではない。私は感動し、もはや美しささえ感じてしまった。

しかし作品が壊れてしまった時、落とし主は再び補修する粘着テープを持ち合わせていなかったようで、そのまま放置するしかなく、こうして落とし物となったというわけだ。

ということは、持ち主はここから裸足で帰ったのだろうか。

いや、これだけの作品を作った人だ。きっと別の「緊急性と工夫」がテーマの作品を作り、それを使用して快適に帰ったに違いない。

鈴木雅之はサングラスを投げ捨てラストスパートするのか？

落ちているサングラスは様々なことを考えさせてくれる。

真っ先に考えるのは高橋尚子選手のことだ。シドニー五輪のマラソンでサングラスを投げてラストスパートし、見事金メダルに輝いたことを思い出す。すると落ちているサングラスが高橋尚子選手のものに思えてきて、「もしかしたらここでもまたラストスパートしたのかな」などと考えてしまう。

しかしすぐにそれは間違えであることに気づく。なぜならこのサングラスは高橋尚子選手がかけていたスポーティなタイプのものではないからだ。

ならば誰のサングラスの可能性があるのか？

まずは鈴木雅之氏のサングラスではないかと考えてみる。しかしその可能性はあっという間に消える。高橋尚子選手と同じく形が異なることはもちろん、鈴木雅之氏のサングラスはこちらが映るミラータイプであるからだ。

ちなみにサングラスをかけた鈴木雅之氏同士が向き合った場合（仮に、鈴木雅之Ⓐと鈴木雅之Ⓑとする）、鈴木雅之Ⓐの姿が鈴木雅之Ⓑのサングラスに映り、それが鈴木雅之Ⓐのサングラスに映り、さらにそれが鈴木雅之Ⓑの……といつまでも続くことになる。まるで合わせ鏡のようであり、ドロステ効果でもある。

実際には鈴木雅之氏はひとりしかいなくてそのような状況になることはあり得ないのだが、架空の世界の話、たとえば2Dの格闘ゲームのキャラクターに鈴木雅之氏がいたとして、1Pも2Pも鈴木雅之氏を選択した場合、鈴木雅之氏同士が向かい合う（もちろん服の色は変わる）ことになるために、『合わせサングラス状態』になるはずだ。

鈴木雅之氏についての話が長くなってしまったが、ではこのサングラスは誰のものなのか、その想像は続く。ＥＸＩＬＥのＡＴＳＵＳＨＩ氏やたむらけんじ氏はティアドロップ型のサングラスであるから違う。Mr.マリック氏のサングラスとも形が違うし、Mr.マリック氏の娘にはサングラスの印象はない。ポリシックスでもない。バービーボーイズのイマサ氏がかけていたものとも形が違う。イマサ氏のサングラスはジッタリン・ジンの『プレゼント』に出てくるような「丸いレンズのサングラス」で、私が高校生くらいの時にあれが異常にカッコよく感じて、その中でも最もカッコいいと思っていた跳ね上げ式のタイプのものを修学旅行の時に買ったことを思い出す。それが私に似合っていたのかどうか考えたらきっと似合っていなかったはずだ。それでも欲しかったのだ。

ちなみに私が今興味があるのはカラーレンズのハズキルーペで、時の流れを感じずにいられない。まさかデザインより実用性を重要視するようになるとは高校生の頃は想像もしていなかった。

そういえば、もしも鈴木雅之氏がマラソンに出てサングラスを投げ捨てラストスパートしたとしたら、だんだんと離れて小さくなっていく鈴木雅之氏の後ろ姿がサングラスに映ることだろう。

サングラスに関する想像は尽きない。

大浴場のスリッパ問題を考える

ホテルや旅館の大浴場に行き、サッパリとリフレッシュする。この後は何か冷たいものを飲むかそれともゲームコーナーに行くか、あるいはお土産屋を覗くか、などと考えながら大浴場の出入口へと向かうと、自分が履いてきたスリッパがどれなのかわからなくなっていることがある。

そのような事態を避けるために、私は少し離れたわかりやすいところに置くようにするのだが、他人のスリッパであろうがまったく構わないという人もいて、そのスリッパを履いて行かれてしまうことがある。また、せっかく他のスリッパと離して置いたというのに、入浴中に宿の人が綺麗に並べ直している時があって自分のスリッパがわからなくなることもある。

裏返しにして差別化しておく手もあるが、これもただの脱ぎ方が雑な人に思われて直されてしまうことが多い。見栄えが悪いのも気になる。時折重ねて置いて差別化してあるスリッパを見るが、片方のスリッパの底がもう片方の表側と接するわけだから、その部分の衛生状態が気になってしまわないといえば嘘になる。スリッパに書かれている旅館の名前のかすれ具合で覚えようとしたこともあったが、お風呂でリラックスすると忘れてしまうのが常だ。

最近は自分のスリッパに目印をつけられるようにクリップがあったり、ビニールの袋が置かれていてそれに入れることができるようになっているものの、それでもなくなる時はなくなるものだ。

こうなると他人のスリッパを履くのか、それとも何も履かずに部屋に帰るのかの二択になる。後者の方が断然非衛生的であるが、前者もなかなか勇気がいるものだ。できるだけ足の裏とスリッパの接触面を少なくしながら歩くしかなく、飲み物やゲームコーナーやお土産どころではなくなる。

もしも1回だけ魔法が使えるとしたなら、この時ばかりは新しいスリッパを取り寄せることに使うだろう。魔法をそんなことに使うなんてもったいないと思われるだろうが、それくらい私にとってスリッパ問題は深刻なのだ。あるいは「誰のスリッパでも気にしないようになあれ！」と自分の意識を変えることに魔法を使うのもひとつの手であろうが、そうすると「私のスリッパがない！　誰かに履かれてしまった！」と第二、第三の自分を生み出すことになるので却下だ。

なぜこのようなことを考えているかというと、スリッパが片方だけ落ちていたからである。この手のスリッパは屋内で使うものであるから、路上で見ることは珍しい。ここから先が土足禁止ということはないし、このあたりに大浴場があるわけでもない。いつまで経っても理由はわからない。落とし物とは概してそういうもので、見つけた者に手掛かりすら与えてくれないものなのだ。

もしも今魔法が使えるなら、このスリッパはなぜここに落ちているのか、それを知ることに使ってしまいそうだ。

無自覚な路上詩人たちは無意識を置いていく

上京してきて都会というものが当たり前になってきた頃、路上詩人が流行ったことがある。もしかしたらその前から存在していて私が知らなかっただけだったのかもしれないが、街でたくさん見かけるようになって、メディアでも取り上げられるようになったのはその頃だったと記憶している。『インスピレーションで言葉を書く』という即興性を売りにしたタイプが主流で、私の知り合いにも突如「路上詩人になる」と言って、それきり疎遠になった人がいる。

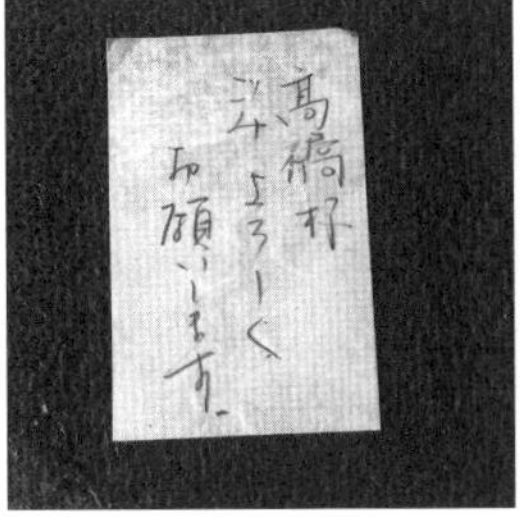

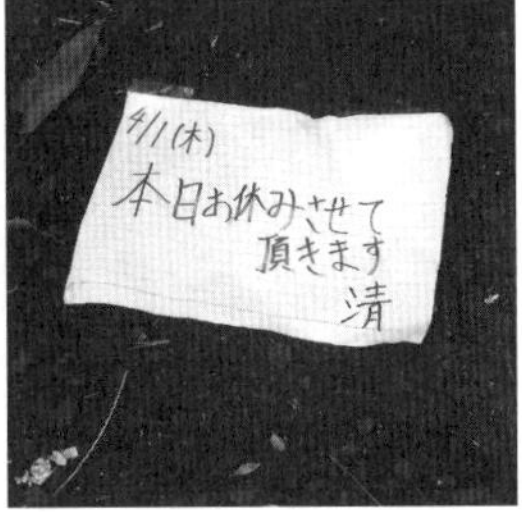

路上詩人は表現者であり、パワフルで行動的である。それに対して無自覚な路上詩人というものがある。文字を落とした人、正確には文字が書かれたものを路上に落とした人たちだ。

無自覚な路上詩人たちは詩や格言を書く気などさらさらない。無意識に言葉を路上に置いていくだけだ。その多くは落とし主にしかわからぬ言葉である。ただどんな作品よりも私の足を止めさせ、私の想像を膨らませ、私を虜にする。

たとえば『本日お休みさせて頂きます　清』と書かれたメモは様々なことを考えさせてくれる。メモだけで仕事を休むことができるのか？　メールならまだしも、メモだ。もしかしたら休むことがなかなか言い出せず最終的にメモという手段しかなかったのではないか。そう考えると清さんの切羽詰まった感が伝わってくる。

そもそもなぜ休むことになったのか、そこには私にはわからない事情がありそうだ。『本日お休みさせて頂きます』という一文からは清さんの強い意志を感じるし、相手の返答を待つ気などさらさらない、一方的なコミュニケーションだ。それが良いのか悪いのかは当事者でない私にはわからない。

それより、メモがここに落ちているということは相手に何も伝わっていないのではないだろうか。そうだとしたならば、清さんはただの無断欠席になってしまったわけだ。

とにかく清さんの人生や生きざまが凝縮された一文であり、力強い作品である。「清」が「みつを」のような署名にすら見えてきて、額に入れて部屋に飾っても良いかなとすら思えてくる。少なくともみつをより私の心に入ってくる。もちろん良くも悪くもだ。

また、『髙橋様ごみよろしくお願いします』というメモも、きっと置き手紙だったのだろうがここに落ちているということは、これまた髙橋さんに伝わっていないのではないだろうかと考えてしまう。ということは、髙橋さんはごみに関するなんらかの対処をしていないと考えられる。そうなると落とし主と髙橋さんの間には行き違いがあることになり、こっちが心配してしまう。隣人トラブルのような争いが起きていないことを願うばかりだ。

まさかこんな緊張感を生む作品に出会えるとは！

こうして私は今日も散らばった言葉との出会いを求めて歩くのだ。

梶井基次郎はこの本の上にレモンを置いてくれるか?

レモンと私の関係は長い。
最初にレモンを意識したのはラブコメ漫画がきっかけだった。「ファーストキスはレモンの味」という記述が出てきたのだ。当時子どもだった私には衝撃的なことであり、レモンはただの酸っぱい食べ物という考え方を変えてくれた。
私とレモンの距離を一気に縮めたのは、ロッテから発売された『クイッククエンチ』というガムである。このガムはレモン味で、そのほどよい酸っぱさの虜になり、毎日噛んでいた記憶がある。それはブルーベリー味のガムが発売されるまで続いた。田舎の子どもたちは「ブルーベリーって何だ!?」と驚いた。吉幾三氏の曲『俺ら東京さ行ぐだ』に出てくる「レーザー・ディスクは何者だ?」と同じ状態である。恐る恐る口に入れると美味しくて、香りが良くて、それからはブルーベリー一色になった。

最近レモンに接する機会は居酒屋が多く、レモンサワーやレモンハイであったり、唐揚げに添えられたレモンだったりする。後者はレモンを搾る搾らない問題を生んだ。死ぬほど議論されているので多くは触れないが、私は完全に人任せ派である。

そんなレモンが落ちていた。なかなか道ばたで出会うことはない一品だ。

鮮やかな色を放っているレモンを見ながら考えることと言えばただ一つ。「なぜこんなところにレモンがあるのか?」である。

まず考えられるのはマネージャーだ。高校の体育会系の部活のマネージャーである。マネージャーと言えばレモンの蜂蜜漬けであり、それを作ろうと買ったレモンを落としてしまった可能性は十分ある。

また、レモンといえば『週刊ザテレビジョン』の表紙である。その撮影がここで行われ、レモンを忘れていったとも考えられる。もしくは、長渕剛氏がレモンを持って撮影することを拒否して、結局使われなかったレモンかもしれない。

しかしレモンから連想されるといえばやはり梶井基次郎氏であろう。『檸檬』という作品を残している彼はレモンのイメージがとにかく強い。私の中で彼はかなりのレモン好きな男になっていて、「蛇口をひねったらレモンが出てくればいいのに」といつも思ってるとか、もしも梶井基次郎氏がアイドルグループにいたならイメージカラーはレモンのような黄色だろうなあとか、梶井基次郎氏の目の前にレモンを吊るしたなら走るスピードがアップするんだろうなあとか、梶井基次郎氏のオールナイトニッポンのノベルティはレモン、あるいはレモンステッカーで、番組中ではラジオネームじゃなくてレモンネームとか言っているんだろうなあとか、いつも勝手に想像している。

そんな彼がレモンを持って書店に向かっている途中で落としたのかもしれない。

いったい彼は何の本の上にレモンを置こうとしたのだろうか?

あ、『週刊ザテレビジョン』か。

夢は落ちてるカードでトランプを
コンプリートすることです

トランプが落ちていると、「このトランプの持ち主、遊べなくなって困っているのでは？」と思う。

7のカードが落ちていると、持ち主は『七並べ』ができないということになる。『七並べ』をやろうと盛り上がってトランプを並べた時になって初めて「7がない！」と気づく。また『神経衰弱』もできない。最後に7が一枚残った時になって初めて「7がない！」と気づくのだ。もちろん『ババ抜き』もできない。

6のカードが2枚落ちている場合、こちらも『七並べ』はできないものの、『神経衰

い可能性もある。

弱』と『ババ抜き』はできないこともない。そのため、6が2枚足りないことに気づかな

やがていつものように、「なぜトランプが落ちているのか？」を考える。

トランプには室内のイメージが強い。とはいえ、屋外でトランプを楽しむ人だっている。何かの列（チケットを買うとか、限定品を買うとか、傍聴券を入手するとか）に並んでいる時に時間潰しで興じることもあるだろう。その人たちが片づける際に落としていった、あるいは忘れていったものがこのトランプなのか。

トランプからはマジックも連想される。マジックショー的なものを見に行き、マジシャンに「好きなカードを選んでください」と言われてトランプを手にする。しかし何らかの事情があってマジックショーは中断してしまい、手の中には返すタイミングがなくなったカードが残った。それをどうすれば良いかわからなくて帰り道にそっと捨てていった。そんな理由だ。

捨てたのは子どもと考えることもできる。嫌いな友達を困らせるためにトランプを盗む、あるいは好きな子のトランプを盗んでしまう。しかし、「なんでこんなことをしてしまったんだ」と我に返り、自責の念の駆られて道に捨ててしまった。封印されていた遠い昔の

記憶が蘇ってきそうな理由だ。

あまりにもトランプでばかり遊んでいるから、「勉強しないでトランプばかりして！」と親に取り上げられて捨てられたとも考えられる。私の世代だとファミコンでよくあった光景だ。もしかしたら子どもの頃のトランプマン氏はこの経験があるかもしれない。

トランプを投げて攻撃する人がいた形跡、という可能性も決してゼロではない。

今までの理由はトランプを知っていること前提で考えたが、そうではなくトランプを知らない人が「なんだこれ？　数字と模様が書いてある。よくわからなくて怖い！」と捨てたという考え方もある。

こうして理由をいくつも考えた後、最後に私はこう考える。

「落ちているカードでトランプをコンプリートできないものか？」

裏面の柄を無視すれば少しは簡単になるが、その道は長くて険しいだろう。

『おむすびころりん』の結末を僕たちはまだ知らない

私はおにぎりが好きだ。しかしおにぎり好きと言えば山下清氏という絶対的な存在がいるからなるべく口に出さないようにしている。絶対にかなうわけがない。でもおにぎりが好きなのだ。

おにぎりに巻かれた海苔がパリッとしていてもしていなくても、あるいは海苔がなくても構わない。おにぎりならなんでも良い。

いや、強いて言えば海苔はしっとりしている方が良い。私が子どもの頃にはパリッとしたタイプのおにぎりが存在していなかったからかもしれないが、海苔が湿っていてほとんど米と同化しているものが好きだ。

また、温かくても冷えていても構わない。むしろ冷えている方が好みかもしれない。私の故郷の北海道ではコンビニでおにぎりを買うと「おにぎりは温めますか？」と訊かれるのだが、余程でない限り温めることはない。

私は新幹線に乗る前にお弁当を買うことが多い。たとえば昼の新幹線ならば新幹線の中でお弁当を食べたいので午前中は何も食べずに新幹線に乗ったりする。お弁当を選んでいる時、おにぎりとおかず少々というタイプのものがあればそれは選択肢にずっと残るし、おにぎり専門店的な店舗があればついついそこへ行ってしまう。そこでおにぎりを二つ買うとしたならば、一つは定番の具のおにぎり、もう一つは珍しいものを買うことが多い。たとえば、おかかと牡蠣、みたいな組み合わせだ。昆布と牛タン、でも良い。

などという私の詳しいおにぎり事情はどうでも良い。私が買う組み合わせなど誰も興味ないことは充分わかっている。

とにかく私はおにぎりが好きであるから、おにぎりが落ちていたなら必ず足を止める。コンビニのおにぎりであれば必ずパッケージを見て具は何なのかを調べる。具がわかったところで何かするわけではない。珍しいタイプのおにぎりだったなら、レアなものを見た気がして少々テンションが上がるくらいだ。

おにぎりが落ちているといつも思い出すのは昔話の『おむすびころりん』だ。おじいさんが落としたおにぎりが転がり、穴に落ちることから始まる物語である。そのため落ちているおにぎりは穴に入り損ねたものなのかもしれない、なんてことを考える。

その後は決まって「『おむすびころりん』ってラストはどうなるんだっけ？」と思う。おじいさんも穴に落ちるとそこにはねずみがいて、くらいまでは覚えているのだが、そこからが曖昧だ。舌切り雀に似ていた気もするし、違う気もする。

スマホで調べればすぐにわかるだろうが、なんとか自力で思い出そうとする。そうしないと年齢とともにどんどんと衰えてしまいそうだからだ。とはいえ、思い出したことは一度もない。

もしもいつか『おむすびころりん』の絵本が落ちていたら、その時は見てみようと思う。

それは『ドラゴンクエスト』でやくそうを捨てるように

1983年にファミリーコンピュータ、通称ファミコンが発売された。

私は中学一年生だった。私の家ではすぐには買ってもらえなくて、友達の家か親戚の家でやっていた。

中二の時にやっと我が家にもファミコンが来た。初めて買ったカセットは『デビルワールド』というゲームだった。周りの誰も持っていないゲームだった。いや、買ったと書いたが、もしかしたら親がパチンコの景品として持って帰って来たような気もする。その辺りはあやふやだ。だとすると、初めて買ったカセットは『スパルタンX』になるのか。

当時は暇があればファミコンをやっていた。当時のあるあるであろう親に怒られたことも取り上げられたこともある。今より時間があったんだろうなと考えていたのだが、よく考えると時間は今だってある。それより当時は集中力があったのだろう。今もたまにゲームをやるが集中力がないことを痛感する。

ファミコンの後はスーパーファミコンやＰＣエンジン、メガドライブなどがあって、さらに３ＤＯというハードが出て来て、画面の綺麗さに衝撃を受け、いつかお金持ちになったら買おうと思っていたが結局買ってない。すぐ後にプレステとセガサターンが出て、そっちは買った。

このようにファミコンで思春期を過ごし、その後もゲームとともに成長してきたために、思考にゲームが入り込んでくることが多々ある。何事もゲームっぽく考えてしまうのだ。それは落ちている水菜を見つけた時も例外ではない。

道に水菜。すぐにゲーム的な思考になってしまう私は「誰かが捨てたのかも」と考えてしまう。それは完全にロールプレイングゲームの影響だ。何かアイテムを新たに入手して、その時持ち物がいっぱいだったならば、何か捨てなければいけなく、たとえばドラクエであったら「やくそう」を捨てるように、この水菜の持ち主は捨てた。そんな風に考えてしまう。

水菜にはビタミンC、カリウム、葉酸などが含まれていて生でも食べられるということは、熱で流出しやすい栄養素もしっかりと摂取することができるということである。素晴らしい野菜だ。捨てようとした時にどこからか「それをすてるなんてとんでもない！」と聞こえてきてもおかしくない。それでも水菜を捨てたということは、水菜よりも良いもの、あるいは水菜よりも持ち主に必要なものがあったということか。

「やくそう」よりも「せかいじゅのは」、というように。

アイテムを捨てずに使って消費する時もあるように、水菜も食べてしまえば良かったのにと思う。先も述べたように水菜は生で食べられる。その場で食べることは可能で、そうすれば枠がひとつ空く。

また、水菜が後々必要になるかもしれない。ということは、捨てる前に一度セーブしておきたいなんてことも思う。

こうやって私は何歳になってもファミコンから、そしてゲームから逃げる事はできないだろう。ただ年齢とともに味覚は変化していて、昔は見向きもしなかった水菜も、今ではいくらでも食べたくて仕方ない。

バナナに関するいくつかの記憶

道にバナナが落ちていた。しかも状態の良いものだ。
私のバナナに関する記憶で最も古いものは何だろう。
アントニオ猪木氏だろうか。猪木一家がブラジルに渡る途中、猪木氏の祖父が青いバナナを食べて亡くなってしまう話だ。小中学生の頃にプロレスが流行っていて、プロレスに関する本を片っ端から読んだ時にこの記述があった。たしか漫画だった気がするがそこは定かではないが、バナナと言われると真っ先に思い出すのはこれなのだ。
学校に関するあるあるで遠足前に「バナナはおやつに入りますか？」と子どもが先生に聞くというものがある。私はこのセリフを言ったこともなければ、聞いたこともない。それでも知っているということは、雑誌の投稿ページで見たのか、ラジオ番組のコーナーあたりで聞いたのだろう。いずれにせよ、ネタとして記憶したバナナの話だ。

バナナで釘を打つというCMもあった。これは小学生の時だ。凍ったバナナで釘を打つという内容だった。北海道出身だと言うと「バナナで釘を打ってました？」と訊かれることがよくあり、最初は否定していたものの、いつしか面倒になって「はい」と言うようになった。

チンパンジーが天井から吊るしたバナナを、台と棒を使って取るという実験を知ったのはいつだっただろうか。こちらは高校生だったかもしれない。パブロフの犬くらいメジャーなものだった覚えがある。

バナナと言えば『ＭＯＧＩＴＡＴＥ！バナナ大使』という山田邦子氏の番組もあった。イニシャルトークというコーナーがあって、芸能界の裏話などを誰だか特定されないようにイニシャルで話すのだが、それまでイニシャルといえば「名前・苗字」の順番であったのに、このコーナーでは「苗字・名前」の順番で戸惑ったことを覚えている。別のテレビ番組で『マジカルバナナ』というゲームもあった。これらの番組が放送されていた頃、私はもう高校を卒業していた。

これらの記憶を時系列順で並び替えてみると、最も古いのは「凍ったバナナで釘を打つ」ということがわかった。

次に私の記憶と目の前のバナナを照らし合わせてみる。するとそこにバナナが落ちている理由が見えてくるかもしれない。

まずここは船上ではないので猪木氏の線は消える。バナナ大使とマジカルバナナは本物のバナナとの関係性は薄いのでこれらも消える。

そうなると三つに絞られる。

①バナナはおやつに入らないと思っていたのに「入る」と言われた子どもが慌ててここに隠したため。
②実際に凍ったバナナで釘を打ってみた形跡。
③チンパンジーの実験の形跡。

このうちのどれかだと決めつけても誰も困らない。想像は自由なのだ。

学校で習う数学が役に立つ時は突然やってくる

道に鞄がある。
私は立ち止まり「もしかしたら中にお金が入っているかも！」なんてことを考える。開けると中には一万円札がギッシリと詰まっている、そんな想像をする。１９８０年の『一億円拾得事件』や１９８９年の竹やぶでお金が発見された事件などを知っている世代なら誰もがそう思うはずだ。
しかし、不審物パターンもある。開けた途端に爆発する、なんてことが起きても不思議ではない世の中である。あるいは見てはいけないもの、見なければ良かったものが入っているかもしれないとも思う。事件性があるものだったらその瞬間巻き込まれてしまうわけだし、中身によってはトラウマになってしまうこともあるだろう。

そもそもこの鞄はここに一時的に置いてあるだけかもしれない。その場合、中身を確認しようと開けているところを持ち主に見られてしまったら、私はあたふたしてしまって、潔白を主張すればするほど怪しくなってしまう自信がある。持ち主が怖い人だったらもう終わりだ。

ドッキリという単語も頭をよぎる。鞄を開けると何かが出てきて驚く私の姿を面白がるというわけだ。中にお金が入っていて、私がそれをどうするのか、どこかで観察されている可能性もある。

いろいろと考えた結果、結局何もしないのが得策でありそうだ。そうと決まればここに留まっている理由はなく、私は歩き出そうとする。

ところがすぐに立ち止まる。落とし物だったら誰か困っているかもしれない、そんなことをふと思ったからだ。

しかしこんな鞄を落とす人などいるのか？　落としたとしても気づきそうなものだ。

忘れた、というのはあり得る。たとえば車に積み込むのを忘れて走り出した、などだ。

サービスエリアの駐車場に靴だけ残されているようなものだ。

落とし物でも忘れ物でも、交番に届けた方が良いだろう。

交番に届けたとして、もしも中身がお金だったらとまた考えてしまう。希望すればお礼で入っていたお金の何割か貰えるはずだ。頭で計算し始める。学校で習う数学などなんの役に立つのだろうと若者は思うだろうが、こんな時に役立つ。「一万円札の重さは約1グラムだから中に1億円入っていたとしたらこの鞄は約10キログラムか」なんて計算まででできる。

しかし置いてあるだけの可能性は消えていないことを思い出す。こちらは交番に届けようと鞄を運んでいるのに泥棒と間違えられても、誤解を解きづらい状況になる。

そもそも不審物の可能性も消えていないのだ。動かした瞬間爆発することを想像して怖くなる。

やはり何もしないのが得策であるようだ。私は歩き出そうとする。

ところがすぐに立ち止まる。

中身はエスパー伊東かもしれない。

そうだとしたらどうするのが正解なのだろう？

どんなモノにでも使えるモノボケフレーズ

焼肉店に行って紙エプロンをする。取ることを忘れてそのまま帰ろうとしてしまい、レジで気づいて恥ずかしくなったことがある。私は気づいたから良いが、そのまま店を出てしまったことがあるという人もいるだろう。

道に落ちているトング。

このトングも焼肉店で使い、手に持っていることを忘れてそのまま店を出てしまったものなのだろうか。ただその場合、道に捨ててしまうものなのかどうか疑問が残る。紙エプロンならまだしも、トングは店に返しに行くか、捨てるとしてももっと目立たないところを選ぶはずだ。

ならばゴミ拾いで使ったトングという可能性が浮上してくるが、このタイプのトングは使わなそうだ。ゴミ拾い専用のもっと長いものを選ぶはずだ。たとえゴミ拾いで使用したとしても、それを道に置いて行ってしまえばそれ自体がゴミになる可能性があるわけで、まったく本末転倒である。

そうなると考えられるのはただひとつ。『モノボケ』である。

モノボケとは文字通りモノ（アイテム）を使ってボケることである。わかりやすい例をあげると、バナナを頭に乗せて「チョンマゲ」と言ったり、浮き輪を食べるふりをして「ドーナツ」と言ったりするのだ。

ここでトングを使ったモノボケが行われ、忘れていったのだろう。あるいはモノボケを行う会場へ運ぶ時、あるいは持ち帰る時に落としたものと推測することもできる。ちなみに私はお笑いライブを企画することがあって、モノボケをやる時は様々なモノを鞄に詰め込んで行く。ライブが終わったらまた詰め込んで帰る。私は職務質問をされやすく、そんな鞄を警察官にチェックされると中から小道具の武器なんかが出てきて大変気まずく、いつも怪しさが倍増してしまうのだ。

それはともかく、宴会でモノボケをしなければいけない状況がいつくるかわからない。

そこで、どんなモノにでも使える汎用性の高いモノボケフレーズをいくつか紹介するので、困ったら使ってもらいたい。もちろんトングでも使える。

これがおじいちゃんの形見です

お客さん、これ、レジ通してないですよね？

今日のログインボーナスはこれ！

諦めるな！　私たちにはこれがあるじゃないか！

池の水全部抜いたらコレが出てきました！

えっ、これもＺＯＺＯで買ったの⁉

（サバンナ八木のマネで）ブラジルの人、これ要りますかー？

これは地球のもの？　なぜここに……

伊達直人さん、ありがとう！

（モノを触ろうとするが触れず）触れない……？　もしかして俺は死んでるのか……⁉

スタンド看板から情報を得る21世紀

道にスタンド看板があった。よく店頭に置いてあるものだ。
これは落ちている、というより、倒れていると言った方が適当か。しかし、周りが殺風景であるため落ちているようにも感じられる。
こういう状況に遭遇した場合、私はいつも考えることがある。それはこの看板を直すか、それとも直さないか、だ。
できることなら直す方を選択したい。しかし直しているところを店員に見られた場合、私が倒したから直していると思われてしまう可能性がある。誰かに感謝されたくてやるわけではないとしても、できるなら「直してくれてありがとうございます」と思われたい。

それなのにこれでは「ちゃんと元通りに直してくださいよ」と思われることになる。看板のどこかが破損なんかしていたら嫌な顔をされるどころか、「弁償してください」と言われることだってあり得る。「いえ、私が倒したのではないんですよ」と証明することは難しく、ビデオ判定しか手はない。

それならば直さずに素通りする方が良いのではないかと考える。しかしそれを通行人に見られて「あの人、知らないふりして直さずに行ったよ。なんとも世知辛い世の中になったものだ」なんてこと言われたら、それはそれで嫌だ。私が素通りした後に別の人が直し、その人が称賛されることもあるだろう。すると「それに比べて……」とまた私に矛先が向くこともあり得る。

ならばやはり私が直そうと思うも、店員に倒したと思われる可能性は消えていないから躊躇してしまう。また店員に「ちょっとちょっと！　わざと倒してあるんだから余計なことしないで」と言われることだってなくはない。もはやどうすれば良いかわからない。

こういった看板にはお店の情報が書かれていたり、「今日は何の日？」みたいな情報が書かれていたりする。

近所に日替わりでちょっとした雑学が書かれている看板があった。私は駅に行く途中いつも見ていたのだが、あまり人通りがないところだったので、もしかして私しか見てないのではないかと不安になった。それなのに毎日律儀に更新されているからなぜか自分が応援しなければいけない気持ちになって、なるべく立ち止まって興味があるように看板を見るようになった。時には写真を撮るふりをしたこともあった。やがて私は引っ越したので、その看板がまだ毎日更新されているのかどうかはわからない。

目の前の倒れている看板には何が書かれているのだろうか。今日は何の日なのか書かれているのだろうか。それとも普通に新メニューの情報が書かれているのだろうか。店長が好きな名言が書かれているパターンか。

逆に何が書かれていたら嫌だろうと考えてみた。結果、「お前が倒したのか」と書かれているのが最も嫌だ。というか怖い。「直してくれてありがとう」も怖いが。

キミも能力（服を選んでいる時に店員が近づいて来ない能力）者なんだろ

私はこのカードを知っていた。

ＥＳＰカード（ゼナーカード）と呼ばれているものだ。５種類の記号（星、波、円、四角、十字）が描かれたカードで、超能力実験に使うものである。

私が子どもの頃、心霊とか超常現象とかがブームで、私もその手の本を読みあさり、特集したテレビ番組があれば欠かさず見ていた。当時の私を取り巻く世界は心霊写真、ＵＦＯ、こっくりさん、予言などで構成されていたのだ。超能力もそのひとつで、スプーンや壊れた時計を手に、ワクワクしながらテレビの前に座っていた記憶がある。

その頃に知ったのがこのカードだ。欲しかったが田舎に売っているわけがなく、友人が作ったもので代用したものだ。

あれから久しく「不思議なもの」から遠ざかったが、まさか中央線の高架下で再会するとは思ってもいなかった。

このカードがここに落ちているということは、この辺りに何かしらの能力を持っている人物がいる、もしくは訓練している人物がいるということだろう。

私は辺りを見渡したが誰もいない。「聞こえますか？　それは私が落としたカードです」と、もしかしたら脳に直接語りかけてくるかもなどと考えてしばし待ってみたがそんなことはない。

試しにこのカードで実験したならば、私の中に眠っている能力が目覚める可能性がある。そんなことをふと考えた。私が一番欲しい能力はなんだろう？

洋服店で服を選んでいる時に店員が近づいて来ないようにできる能力か？

店でオーダーしたい時に小さな声でも店員が呼べる能力だろうか？

コンビニを出た時、どれが自分のビニール傘か一発でわかる能力だろうか？

スーパーでレジがいくつかあって、それぞれ同じくらいの人数が並んでいる時、どこが一番早いのかわかる能力か？

どれも欲しい能力だが、地味過ぎるから人に言えない。

そうだ、時間を戻せる能力はどうだろうか？

スマホの液晶に保護フィルムを貼ろうとしたら空気が入ってしまった時に貼る前に時間を戻せる能力、カップラーメンを食べ終わった後にまだ入れてない調味料があることに気づいた時に時間を戻す能力、フリスクがいっぱい出てきちゃった時に戻す能力、割り箸がうまく割れなかった時に戻す能力……。

私はいろいろ考えた末、新しい店がオープンしていて「あれ？　ここって前はなんだっけ？」と思い出せない時にすぐにわかる能力にすることにした。「ここって前はなんだっけ？」と思うや否や「磯丸水産」「ドトール」「ｉＰｈｏｎｅ修理屋さん」などとすぐに答えが見えるのだ。これで思い出せなくて、しかも調べようもなく、悶々とする時間から解放される。

この能力を使えるようになったらすぐお知らせするので、みなさん困ったらいつでも言って欲しい。

買い物メモは人生の一部である

道には様々なものが落ちているもので、もっとも目にするのは手袋の類であるのはみなさんご承知だろうが、それより頻度は落ちるものの、わりと見かけるのが『買い物メモ』だ。文字通り、買うものをメモしたものである。

それはなんてことない小さい紙切れであるのだが、子どもがこれを落としたら大変なことになる。私もおつかいの時に落としたことがあるからわかる。

書かれている品物のいくつかは覚えていたとしても、細かいことはわからない。子どもにとって片栗粉だとか鳥の胸肉だとか絹ごし豆腐なんて未知の言葉であり、粉と肉と豆腐としての認識しかない。合い挽きを３００グラムなんて絶対にわかるわけがないのだ。だからメモを落としたことに気づいた時は呆然と立ち尽くしたものだ。

などと子どもの頃を思い出しながらも、記憶力が低下してきた最近もまたメモを落とすと途方に暮れる状態だ。スマホにメモするなり、電話してきくことができるから昔よりはまだましではあるが。とにかくこのメモを落とした人が困っていなければ良いなあといつも思うのだ。

買い物メモからは落とし主の行動が見えてくる。メモに並んでいる単語から、落とし主は何をしようとしていたのか、何を作ろうとしていたのか、何を食べようといていたのかなどを推測することができる。「引っ越しするのではないか?」「これは大掃除に違いない」「旅行に行くようだ」などと私は勝手に解析する。

この日見つけたメモに書かれていたのは、「ペーパー」「小皿」「ピンチ」「おはし」「よるごはん」「お花」「印かん」の7つである(表記はメモのまま)。

このラインナップを見た時、真っ先に思い浮かんだのがパーティーだ。小皿と箸が必要なのは複数の来客があるからであり、ペーパーとピンチは部屋の飾り付けに使うに違いない。お花もそうだろう。「よるごはん」というのはざっくりしているが、パーティー用の料理のことと考えられるし、パーティーは昼間開催されてその後の自分用の「よるごはん」と考えることもできる。

問題となるのが印かんの存在だ。印かんとパーティーは結びつかない。印かんが必要なパーティーなんてあるのだろうか。そんな話聞いたことがない。しかし私が知らないだけで存在するかもしれない。その名も印かんパーティー。沢口靖子氏のリッツパーティーみたいなものである。印かんが好きな人の集いであり、印かんのオフ会とも言えよう。印かんを鑑賞し、印かんの情報交換が行われ、印かん人脈を広げるにはもってこいの場に違いない。

パーティーには新しい服で行きたいように、印かんだって新しくしたいもの。「こんな最新の印かんを使っているんですよ」と自慢したい気持ちもある。つまりメモに書かれていた「印かん」はパーティー用の印かんを新たに作るために注文していたものを受け取りに行くということなのだ。これでメモの解析は終わった。

私はなんだかひと仕事終えた気になってまだ昼間なのに飲みにいくことにした。

イヤホンにまつわる悲劇には終わりがない

音楽を聴こうと思い立った時ほど当たり前だが音楽を聴きたくなる時はない。昨日購入した曲を聴きながら歩こうと考えていた時や、春の陽気が昔を思い出させて懐かしい曲が聴きたくなった時とか、そんな時は何よりも音楽が優先される。

はやる気持ちを抑えながら早速ポケットや鞄からイヤホンを取り出すのだが、この時大きく分けて5つの悲劇に遭遇することがある。

①イヤホンがない（忘れた）
②イヤホンがない（落とした）

③イヤーピースがない
④断線している
⑤絡まっている

①や②の場合はもうどうしようもない。まさに悲劇だ。家に忘れたなら取りに帰る、あるいは電器店に行って新しいイヤホンを購入するなどの方法がなくもないが、時間的にも経済的にも諦めることになるのが常だ。

③はイヤホンあるあるのひとつであるイヤーピースがない悲劇だ。探せば鞄の隅などにある場合も多いものの、それでも見当たらない場合はこれまた諦めるしかない。

④の場合、イヤホンはあるしイヤーピースもある。一見なんの問題もないように思えて実は断線しているという悲劇である。コードのどこかを指で押さえるなどのちょっとしたコツで聴こえるようになるが、あくまでもそれは一過性のもので、その状態を保ち続けることはストレスが溜まる。

⑤もまたイヤホンあるあるとして有名なものだ。イヤホンのコードというものはいつの間にか絡まっているもので、曲を聴く前にほどかなければいけない。この作業は意外と時

間がかかるもので、歩きながら曲が聴きたかったのにやっとほどけた時にはもう目的地に着いてしまっていた、なんてこともある。もちろん、ほどかずに聴けなくもない。ただしかなり不自然な姿勢や格好になってしまう。

道を歩いているとこれらの悲劇のうち②と⑤を組み合わせた悲劇に遭遇することがある。そもそも落ちているイヤホンというのは絡まっている事が多い。絡まった分だけコンパクトになり、落としやすくなってしまうのだろう。絡まったイヤホンが全然解けなくてイライラして捨てた、という原因も考えたがそれは短気にもほどがある。

私は最近コードレスのイヤホンに替えたので、コードが絡まるという悲劇からは解放されたが、落とす悲劇やイヤーピースがない悲劇はまだ消えていない。そして聴こうとしたら電池がなかったという悲劇が追加された。

イヤホンにまつわる悲劇は、科学が進歩しても終わらない。

『金太郎』の結末も僕たちはまだ知らない

落ちていたのは赤いものであった。近づくとそれは金太郎の腹掛けだった。

この腹掛けを見かけるのは端午の節句あたりが多い。今はその時期ではないのになぜと考え、おそらくａｕの三太郎ＣＭの影響で購入する人が増えたのだろうという結論に落ち着いた。相変わらずパーティーグッズは何よりも流行に敏感で世相を反映している。トレンドが知りたければパーティーグッズ売り場に行けばいい。時の人の衣装やラバーマスクが必ずあるからだ。

きっとこの腹掛けは余興か何かのために購入したのだろう。プライベート用ではないはずだ。見るからに新品未開封であるから使用する前に落としたと考えられる。ということ

は金太郎に扮する予定だった落とし主はこの腹掛けなしで大丈夫だったのだろうか？　腹掛けがないとおかっぱで全裸でさらに手にはまさかりという最高にやばそうなルックスになるわけだが、無事切り抜けられたのだろうか？

ところで金太郎のことは誰もが知っているものの金太郎の話を正確に覚えている人は少ないと思われる。そういう私も幼い頃に読んだはずなのに覚えていない。

熊と相撲を取ったシーンだけは覚えている。逆にそれしか知らない。つまり私の中では金太郎は相撲がメインの話で、金太郎が熊と相撲をとって見事勝利し、「俺はまだまだ強いやつと戦いたい！」とか「俺の相撲人生はまだ始まったばかりだ」みたいなセリフで終わった打ち切り漫画のようなものなのだ。あるいは金太郎の「相撲編」で読むのを止めてしまったようでもある。『ドカベン』の柔道のところしか読んでいない、または『タッチ』の和也が死んだところまでしか読んでいないのと同じだ。

それでもなんとか相撲の続きを思い出してみようとした。

私は自力で思い出すことを早々に諦め、スマホで金太郎のラストを調べた。

『立派なお侍さんになった』

そんな感じのラストだとわかった。残念ながら「ああ、そうそう、このラストだよ！」

とはならなかった。これなら印象に残っていなくてもおかしくない。

ただこのラストは汎用性が高い。たとえば三太郎のひとりである桃太郎のラストは「鬼を退治して、財宝を持って帰ってきた」であるが、これに金太郎のラストを付けると、
鬼を退治して、財宝を持って帰ってきた。そして立派なお侍さんになった。

となり、金も名誉も何もかも手に入れた感が強くなる。最強のエンドだ。

三太郎のもうひとり浦島太郎のラストは「玉手箱を開けた浦島太郎はおじいさんになった」であるがこれにも金太郎のラストを付けると、
玉手箱を開けた浦島太郎はおじいさんになった。そして立派なお侍さんになった。

となる。バッドエンドのようだった浦島太郎の話に突如未来と希望が加わる。玉手箱を開けて良かったと思えるではないか！

こうやって道に落ちているものを見てあれこれ考える私も、のちのち立派なお侍さんになれますように。

営業しているのか
それともしていないのか

以前『営業中』と書かれたアクリルのプレートについて書いた。ただ単に『営業中』だけではなく、『一生懸命営業中』だとか『心込めて営業中』などのバリエーションがあるという話もした。

今回の落とし物もまた『営業中』であるが、アクリルのプレートではなく木製である。付け加えられている言葉は「いらっしゃいませ」と奇をてらったものではない。

これがもしも『学生ノリで営業中』『心を入れ替えて営業中』『あの頃の気持ちで営業中』『親にやれと言われたから営業中』などだったら興味を惹かれる。「学生ノリ」ならば入りたくないし、「心を入れ替えて」ならば逆に覗いてみたくなる。入れ替えてと言いつつそうでもなかった場合は怖いが。「あの頃の気持ち」というのもどんなものなのか気になる。「親にやれと言われたから」という店は店長の年齢によるだろう。若ければまだ良いが自分より年上だったらどうしよう。

なんてことを考えるだろうが、このプレートはそうではない。

それなのに私はこのプレートに興味を持った。なぜなら営業中の文字のところに何かが貼ってあった跡があるからだ。これはテレビ番組でよく見るフリップに似ているではないか。ということはちょっとしたクイズになっていたわけで、「正解は！」と言って捲られたに違いない。

ただ、この捲られた赤い紙の大きさから推測すると「業中」の二文字しか隠せない。つまり『いらっしゃいませ営○○』となるわけだが、これだと「営業中」しか答えはない。せめて『いらっしゃいませ○○○』という状態ならば、「営業中」の他に「休業中」「休憩中」「仕込中」などの選択肢が生まれるから、紙を剥がす時に「お店はやってるのかな？　それともやってないのかな？」とドキドキ感が生まれる。しかしこのプレートの場合、それがないのだ。

なぜこんなわかり切ったフリップを作ったのだろうか？　わざわざ隠す必要があったの

だろうか？

　興味を失いかけて立ち去ろうとした時、あることに気づいた。営業中の文字の下にまだ捲られていないスペースがあるではないか！　つまり営業中の後にまだ何か言葉が続くということだ。答えは「営業中」しかないと見せかけて違うというひっかけクイズのような憎い演出だ。他の文字の大きさに比べてスペースが小さすぎるがそんなことはもはや問題ではない。私は考え始める。

『営業中？』（最後まで捲ってもまだ営業中かどうかわからない）。

『営業中！』（こちらは元気に営業中）。

『営業中（嘘）』（これは営業していない）。

『営業中（笑）』（営業しているが入る気が失せてしまう）。

『営業中（R）』（このプレートはレアということである）。

　ただし正解はわからない。落とし物はいつだって無言であるから、見つけた者が想像するしかない。

考えるのは昔のことばかり たとえそれがハムであっても

ハムが落ちていた。
ハムと言えば真っ先に思い浮かぶのは別所哲也氏だ。丸大ハムのＣＭに出演し、「ハムの人」なる異名も持っている。
「ハムの人」と言えば新庄剛志氏もそうで、北海道日本ハムファイターズへ移籍した際の入団会見で「ハムの人」という発言をしている。新庄剛志氏もＣＭに出演していて、こちらはもちろん親会社であるニッポンハムのＣＭだ。
ハムのＣＭというと私の世代はシルベスター・スタローン氏を外せなく、伊藤ハムのＣＭに出演していた。「イトウハム、イズ、オイシー」などとひたすら飽きることなく真似したものだ。

伊藤ハムのＣＭだと日本人プロサッカー選手第1号の奥寺康彦氏も出演していたのを覚えている。サッカー繋がりではリトバルスキー氏も出演していた。「リティーパワーだ」というセリフを思い出したが、それはミロのＣＭだ。

サッカー選手というカテゴリーだと、釜本邦茂氏も覚えている。こちらは丸大焼肉だ。釜本氏の名前を見るたびに「♪釜本さん、釜本さん、お元気ですか〜」という歌声が自動的に再生される。

サッカー選手が続いたが、それ以外のスポーツで言うとニッポンハムは野球選手のイメージがあり、江夏豊氏や大沢啓二氏が思い出される。他にもいるはずなのだがしっかりと記憶に刻みこまれているのはこの2名だ。

このように思い出すＣＭは昔のものばかりで、最近のＣＭには誰が出ているのか全くと言っていいほど思い出せない。ＣＭを見る機会が減っているのか、年齢のせいで記憶力が衰えているのか、もう新しいものを欲していないのか、もしかするとそれらすべてなのかはわからない。考えてみるとＣＭに限らず漫画も音楽も昔のものばかりを欲している。

たまに掃除や探し物をしていると古いＶＨＳのテープを見つけ、ラベルに何も書かれていないから中身がわからずにまだなんとか動くビデオデッキに入れて再生してみると雑多に様々な番組が重ね撮りされているのだが、気づくとＣＭばかり見てしまう。懐かしいＣＭだらけなのだ。ひたすらカレーマルシェのＣＭやラモス瑠偉氏のバンテリンのＣＭが流れている時もあるが、突如現れる『口臭快道』のＣＭは完全に忘れていた記憶を強引に蘇らせてくれるし、エドウィンのＣＭは頭の中を「♪ゴーマールサーン」でいっぱいにしてくれる。

最近はＹｏｕＴｕｂｅで古いＣＭを集めたものがあるのでそれを流し、アーモンドチョコレートのＣＭの渡辺徹氏がスリムだなあとか思いながらお酒を飲み続け、いつしか酔って眠りにつく。

そんな私の生態はどうでもよく、結局何が言いたいのかと言うと、このハムの落とし主はスタローン氏の可能性がなくもないということなのである。

雪の上のVHSビデオテープ

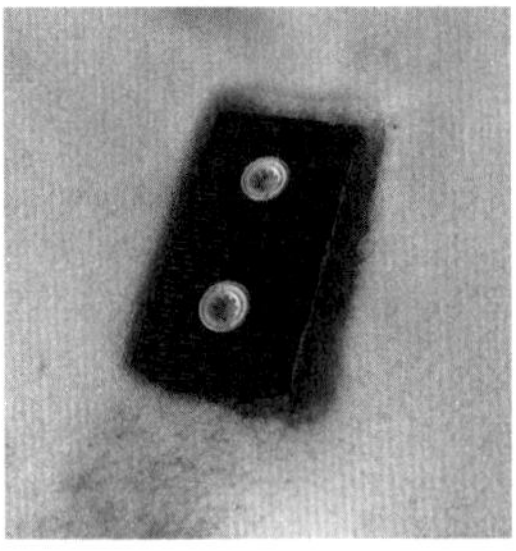

VHSのビデオテープがあって私は足を止めた。
今の時代、ビデオテープが落ちているのは珍しいことだ。私の世代はビデオテープを頻繁に利用した世代であるが、今はもしかしたらビデオテープを知らない人もいるかもしれない。
しかもビデオテープは雪の上にあったから、さらに珍しい光景を作っていた。
正面のラベルも背面のラベルも見えないために、何のビデオテープかはわからない。ただ磁気テープのカバーの色から判断するに、どこかの家庭でテレビ番組などが録画されたものではなく、業務用のものだと思われる。つまりセルビデオの可能性がある。

私は何のビデオか考え始める。

もしも私が中高生だったら「これはアダルトビデオなのか、そうじゃないのか」の二択だろうが、今はもういい大人だ。別の選択肢を考えることができる。

もっともベストなのは、ドラマ『北の国から』のビデオではないだろうか。それなら雪の上がよく似合う。個人的には「'87初恋」ならばなお良い。今にもあのテーマ曲が聞こえてきそうだ。

雪から考えたなら、織田裕二氏主演映画の『ホワイトアウト』のビデオでも良いのではないだろうか。この映画は雪に覆われたダムがテロリストに占拠されてしまい、織田裕二氏演じる主人公がひとりでテロリストに立ち向かうという内容で、「和製ダイ・ハード」とも言われている。

「織田裕二」プラス「和製」の組み合わせといえば『BEST GUY』が思い出される。これは航空自衛隊の千歳基地を舞台にした映画であり、「和製トップガン」と言われることが多い。

ただ織田裕二氏の映画といえば私の中では何と言っても『湘南爆走族』である。織田裕二氏のデビュー作だ。当時は映画館が入替制ではなかったために一度入ってしまえば終わりまでいることができて、私は学校へ行かずに朝から夜まで見ていた記憶がある。ちなみにその頃は同時上映というシステムがあって映画はだいたい二本立てであった。『湘南爆走族』の時も同時上映があったのだが作品名が思い出せない。

あとは『就職戦線異状なし』と『卒業旅行～ニホンから来ました』を何故か覚えている。他には……。

ここで私は我に返る。いつしか思考が脱線していた。目の前のビデオテープが何であるか考えていたはずが、織田裕二氏の作品について考えていた。

いつまでも立ち止まってビデオテープを見続けているわけにもいかない。手を伸ばして裏返してみようかと思ったが、それがアダルトビデオで、しかもそんなところを誰かに見られたら恥ずかしい。何もしないのが無難だ。

私は織田裕二氏の曲を口ずさみながら雪道を歩き出した。

パーティーグッズが私たちを守ってくれる時

1978年に公開されたジョージ・A・ロメロ監督の映画『ゾンビ』(Dawn of the Dead)。この映画の中で生存者がショッピングモールに逃げ込んで籠城するシーンがあった。当時子どもだった私は近所のスーパーに行くたびに「もしもここに立て籠ったら……!?」と想像したものだ。それ以降のゾンビ映画でも多少なりとも籠城シーンは見られ、その度に私の想像も広がっていった。

やがて「もしもパーティーグッズ売り場に立て籠ることになったら」という想像もするようになった。たとえば東急ハンズに逃げ込んだとしよう。東急ハンズには武器になるようなものも防具になるようなものも揃っているのだが、ゾンビが侵攻してきてそれらのフロアには行けなくなり、結果パーティーグッズ売り場しか陣地がなくなってしまう。そんな想像である。

この場合、使える道具はパーティーグッズのみ。そのパーティーグッズのみでわが身を守らなければいけない。

たとえば『おもしろタスキ』というパーティーグッズ。

『おもしろタスキ』というのは文字通りタスキであり、「本日の主役」や「スケベ代表」、「今夜のシンデレラ」「日本一の司会者」と書かれているもので、誰もが一度は目にしたことがあるはずだ。

この『おもしろタスキ』を身につければ防御力が多少なりとも高くなる。さすがに1枚だと心許ないが、何枚も重ねて身につけておけば（イメージはミイラ男）、万が一ゾンビに噛みつかれた場合でもゾンビの歯が皮膚にまで到達しにくくなる。たとえそうならなくても、何も対策をしないよりは気持ち的に楽だ。

それだけではない。意外だと思われるかもしれないが、『おもしろタスキ』は武器としても使える。こちらも攻撃力は決して高くはないが、ゾンビを叩く、ゾンビを縛って動きを止める、ゾンビを転ばせて時間を稼ぐ等の攻撃に使えるのだ。生前の記憶が残っているタイプのゾンビで、しかもパーティーグッズで大笑いしていたタイプのゾンビならば、『おもしろタスキ』で爆笑させるという攻撃もある。

また『おもしろタスキ』には無地のものもあるので、「私はゾンビではありません」「私は噛まれていません」等のメッセージを書き込めば誤って攻撃されることを防ぐこともできる。

もちろんパーティーグッズは『おもしろタスキ』だけではなく、有名人にそっくりなラバーマスクやコスプレ衣装でさらに防御力を上げることもできるし、ピコピコハンマーやハリセンで叩く、サイコロトークのサイコロを投げて陽動する、クラッカーでビックリさせることだって可能だ。

このようにパーティーグッズが私たちを守ってくれるのだ。

そして道に落ちていたこのマスク。

これもまた外見からわかるようにパーティーグッズのような用途で作られたものなのだが、新型コロナウイルスが流行し始めてからのこの数ヶ月は本来のマスクとしての力を発揮したことだろうし、私たちを守ってくれたはずだ。パーティーグッズに感謝。

路上のハケは風景を絵に変える

ハケが落ちている。

道に落ちているものとしてハケはとりわけ珍しいものではない。野外でハケを使う仕事をした人が落としていった（忘れていった）としても不思議ではないからだ。しかしそんなハケはある効果を生み出す。今見ている風景がこのハケによって描かれたものであるような錯覚をさせてくれるのだ。

さらに見続けているとオー・ヘンリーの短編小説『最後の一葉』を思い出す。この作品を私は教科書で読んだ記憶がある。あらすじは次の通りだ。

画家志望の若い女性が肺炎で入院し、窓の外に見えるツタの葉を見て「あのツタの最後の一枚が落ちたら私は死ぬ」と言う。その夜激しい嵐になり、ツタの葉はすべて落ちてしまったと思われたが、女性が見るとツタの葉は残り1枚になっている。また嵐になるが、それでも最後の1枚は残っている。それを見た若い女性は自分の考えを改めて生きる気力を取り戻す。

しかしその葉は若い女性のことを聞いた年老いた画家が壁に描いたたものであり、嵐の中、葉を描き続けた老人は肺炎で死んでしまったのだ……。

もしかしたらこの歩道に敷き並べられたレンガの隙間から生えている草はこのハケによって描かれたものなのかもしれない。入院中の人が「あの歩道に敷き並べたレンガの隙間から生えている草がなくなったら私は死ぬ」と言い出し、草が枯れてしまった、あるいは抜かれてしまったために年老いた画家が慌てて描いた、そんな想像ができる。

草だけではない。入院中の人が「あのガードレールがなくなったら私は死ぬ」と言い出して、年老いた画家が「まあガードレールならそう簡単になくならないだろう」と思っていたのに、その夜道路拡張工事が始まって撤去されたために慌てて描いたものだと思えてくる。

この写真には写っていないが道路の向こう側に中華料理店があって、そこの扉に『冷やし中華始めました』と書かれた貼り紙があり、入院中の人が「あの『冷やし中華始めました』の貼り紙がなくなったら死ぬ」と言い出して、年老いた画家が「夏が終わった頃に剥がされるだろうから、まあまだ大丈夫かな。いやでも夏はいつだってあっという間だから早めに行動しておいた方がいいな」と描いたものかもしれない。私の目に映る探偵事務所のポスターも、ピースボートのポスターも、『カードでお金』と書かれた看板も、実は絵かもしれない。

などと考えているうちに「このハケ自体が絵では？」と思い始め、収拾がつかなくなってしまった。

清水アキラはＴＰＯに合わせてテープを使い分ける

夜道。クラフトテープがあった。

絶妙な形、そして絶妙なバランスで静止しており、まるで意図的に置かれているようでもあり、どこか幻想的ですらあった。

もしも道にセロハンテープが落ちていたなら、それは清水アキラ氏の落とし物の可能性が高い。清水アキラ氏といえば誰もが知っている「セロテープ芸」で有名だからだ（※セロテープはニチバンの登録商標）。

しかしここにあるのはクラフトテープ。となると清水アキラ氏の落とし物ではないとは限らない。

たしかに清水アキラ氏のモノマネにクラフトテープは似合わない。顔に貼るとセロテープと違って主張が激しくなってしまい、観客はどうしてもクラフトテープを見てしまってモノマネに集中できなくなる。

とはいえ、清水アキラ氏といえどもセロテープよりクラフトテープを選ぶ時がある。たとえば清水アキラ氏が引っ越す時。段ボール箱の梱包にセロテープではあまりにも心許ない。断然クラフトテープの方が良いのだからそれを選ぶ。ただし、布テープがあるなら清水アキラ氏はそちらを選んでもおかしくない。布テープはクラフトテープより粘着力があり、しかも重ね貼りができるから、引っ越し時にはより役に立つからだ。

また清水アキラ氏が服に付いた埃を手っ取り早く取りたい時はどうだろう。こちらもセロテープよりもクラフトテープの粘着力と幅を利用した方が早い。

もしも台風対策で窓ガラスに貼るのなら、セロテープでもなくクラフトテープでも布テープでもない別のテープの出番だ。それは養生テープである。養生テープは剥がしやすく、手で切れるという特性を持っているので様々な用途で使用できる。引っ越しの梱包には向かないが、引っ越しの荷物を保護する時などに使える。

電気の絶縁処理時はビニールテープが良い。

船の見送り時には紙テープだ。

清水アキラ氏がスケジュール帳の装飾やプレゼントのラッピングをする時はマスキングテープの出番だ。

このようにセロハンテープで有名な清水アキラ氏も、用途に合わせて別のテープを使う。そのため、清水アキラ氏はクラフトテープの落とし主になる可能性も布テープの落とし主になる可能性も、養生テープ、ビニールテープ、紙テープ、マスキングテープの落とし主にもなる可能性もあるのだ。

そういえば昔何かのインタビューで清水アキラ氏が「針金芸をやろうと思った」みたいなことを言っていた。しかし痛くて断念したらしい。もしも針金が落ちていたら、それは断念した清水アキラ氏が捨てたものだ。

世界滅亡を引き起こす食べかけのアイス

道路の白線の上を歩いている時に「この白線からはみ出したらダメ」みたいなルールを勝手に作る時がある。たとえば白線の外側にはワニがいてはみ出すや否や襲われてしまうとか、周りは海でしかもサメだらけだから食べられてしまうと思い込むのだ。そうやって想像で危機的状況を勝手に作りあげ、私は慎重に歩く。もちろんはみ出してしまったら「1回目はセーフ」とか「ここからは本番」とか「サメはサメでもおとなしいことで有名なトラフザメだから大丈夫」などとルールを変更することを忘れない。

また「横断歩道の白い部分だけを歩けば良いことが起こる」と思い込んで歩く時もある。たまに横断歩道を不自然に渡っている子どもを見つけると「あの子は何かを思い込んで歩いているのだろう」と思う。私はもう子どもではないのでそんなバレバレの動きはせず、悟られることのないよう涼しい顔で白い部分を歩くことを心がけている。

高校生の頃自転車を漕ぎまくり、突然漕ぐのを止めて慣性の法則に身を任せ「あの電柱のところまで到達できなければ入試に失敗する」とか、パチンコに夢中になっていた時は「このリーチで外れたら誰か死ぬ」なんてことも考えたものだ。もちろん危なくなったら「今考えたことはすべて嘘!」ときちんと打ち消すことは忘れない。

もしかしたら私はそういう思い込みをしがちで人よりも多いと思われるが、誰もが少なからずあることだと思う。高校野球や高校サッカーの中継を見ているとスタンドで女の子が祈っている姿が映し出されることがあるが、あの子も「ここでヒットが出ないと今頃家が火事になっている」だとか「このPKが外れたら世界滅亡」などと思っているかもしれない。

長い梅雨が終わって8月になった途端、突然夏になった。実に極端である。でも季節というのはそういうものなのかもしれない。やがて何度目かの台風が過ぎ去った次の日外に出ると、季節は秋になっていることだろう。

夏になると夏ならではの落とし物がある。アイスもそのひとつである。

強い日差しで溶け、アイスだけがするりと落ちてしまうことはあるが、棒が付いたまま落ちているとなると、原因は夏の暑さではない。先述した「思い込み」のせいではないかと私は考える。

アイスを食べている時に不意に「このアイスが当たりじゃなかったら今頃家が火事になっている」なんてことを思ってしまったものだから、ハズレとわかった時点でアイスを放り出し、慌てて家へと駆け出したのだ。ちょうど当たりかハズレか判断できる状態で落ちているのできっとそうに違いない。また「このアイスが当たりじゃなかったら世界滅亡」と思ったものの、ハズレだったので怖くなって駆け出した可能性もある。

私のように「今考えたことはすべて嘘！」と打ち消していれば良いが、気が動転してそれを忘れているかもしれない。

もしも世界が滅亡したらこのアイスの落とし主のせいである。

持ち主を待つぬいぐるみが悲しい

道に落ちているものには少なからず悲哀があるものだ。
もしも食べかけのものが落ちていたら「途中で落としてしまって残念な思いをしただろうな」と思うし、結構貯まっているスタンプカードが落ちていたら「ここまで集めたのに無念だろうな」と思う。そこそこ判子が捺されているラジオ体操のカードも無念を感じる。
他にも切れたキーホルダーが落ちていたら悲しい。落とし主は気づいていないんだろうなと思う。逆にキーホルダーの金具しか付いてない鞄を見ても悲しい。こちらも気づいていない状態。揺れる金具には悲哀しかない。
あるいは名刺が落ちていたら「これは落としたのではなく、もしや捨てられたのでは」

と考え「これが自分の名刺だったら……」と想像してなんだか悲しくなる。もしくはやっと手に入れた大きな取引先の名刺だったとしても悲しい。キャバクラの華やかな名刺だとしても落ちていると人間模様が見え隠れしてこれまた悲哀に満ちる。

そんな中、ぬいぐるみが落ちている時の悲哀は群を抜く。

落ちているぬいぐるみというものは瞬時に落とし主の今を想像させる。今頃落としたことに気づいた子どもが泣いているのではないかと考えてしまう。

もちろん落とし主は子どもとは限らない。学生や大人、お年寄りである可能性は十分あり、各世代で考えても長年の思い出が詰まっているとか、何かの記念品なのかもしれないとか、生まれた時から一緒だったのかもしれないなどと考え、誰かの人生の一部だったことを想像させる。

汚れていたり色褪せていたりほつれていたとしても、逆にそれが大切なものであったことを強く感じさせる。他の落とし物は「捨てた」という可能性が絶えず存在するが、ぬいぐるみからはそれを感じない。

また、ぬいぐるみの方も表情が変わらぬ分、どこか健気に見え悲しくなる。しかもぬいぐるみはじっと落とし主を待つしかない。道で、公園で、ベンチの上で、サービスエリアの駐車場で、新幹線のホームで、じっと迎えを待っている。なんとか力になりたいと思い始める。

どうやらそう思うのは私だけではないようで、ぬいぐるみの落とし物は誰かの手によって移動されていることが多い。落とし主が捜しやすいように目立つ場所、あるいは踏まれたり蹴られたりしないような安全な場所に置かれる。駅員や交番に届けられることも多い。今回出会ったぬいぐるみも移動されたと思われる形跡がある。

私は最近映画『トイ・ストーリー』シリーズを見た。そのため落ちているぬいぐるみを見ると「今は私が来たから普通のぬいぐるみのふりをしてじっとしているが、私が立ち去ったらまた動き出すのだろう。そして持ち主のもとへと急ぐのだろう」という新たな選択肢も生まれ、少しは悲哀が減った。

飼育ケースが夏の終わりを告げる

夏の終わりを感じさせてくれるものといえば、海のクラゲであったり、ベランダでボロボロになっているビーチサンダルであったり、枯れ果てたヒマワリであったり、剝がし忘れられて風化し始めている夏祭りのポスターであったりするわけだが、そのひとつに飼育ケースもある。

9月。道に飼育ケースがあった。まだ夏休みだった頃には昆虫採集をした子どもの昆虫が入っていたのだと思われる。しかし今はなにも入っていない。つまりもう夏ではないのだ。夏の終わり特有のもの悲しさがそこにある。

と思ったら、すぐそばに昆虫がいた。カマキリだ。子どもの頃は平気だった虫がいつしか苦手になっていた私はドキリとし、もしや飼育ケースから逃げ出したのかと思ったが、すぐにそれは玩具であることに気づいた。よく見れば形は本物から程遠いものであるし、色が人工的である。

やがて謎が生まれる。なぜこのような状態になったのだろうか、と。

まず考えたのはこうだ。昆虫採集中の子どもが道でカマキリを見つけた。早速捕獲し、持っていた飼育ケースに入れようとした。しかしカマキリは玩具であった。愕然とし、ガッカリした子どもは飼育ケースを持っていくことすら忘れ、立ち去ってしまった。結果この状態が生まれたのではないか。

別の考え方もある。子どもはカマキリが玩具だと知っていた。それでも子どもはそのカマキリが気に入っていて、いつも飼育ケースに入れて持ち歩いていた。しかし道で会ったクラスのいじめっ子グループにカマキリを取り出され「お前はニセモノの虫しか捕まえられないのか」とバカにされて、くやしくてここに捨てていった。

あるいは偶然。誰かがたまたまここに飼育ケースを落とし、別の誰かがたまたまカマキリの玩具を落とした。そんな偶然。

しかしどれもしっくりこない。あまりにも出来すぎた状態にも見えるから誰かが意図的に作り上げた気すらしてくる。そうだとしたらなぜ？　まったくもって謎である。

謎？

そうか、謎だ。これは謎解きなのだ。

街を歩いていると、謎解きイベントに参加している人たちを見かけることがある。私の最寄り駅である吉祥寺でも見たことがあるし、都心の地下鉄の駅などでも見たことがある。街のどこかにヒントがあって参加者は謎を解いていくのだ。

きっとそれだ。これは何かのヒントなのだ。私はそう結論付け、謎を解くことはせずに満足した。

最後にカマキリに関する雑学をひとつ。『燃えろバルセロナ』で有名な日出郎さんは『カマキリのかあちゃん』という曲も歌っている。

偶然の作品に見惚れる

自動販売機の横には空き缶を入れるゴミ箱がある（正式には『自販機専用空容器リサイクルボックス』）。穴がふたつあるものが多い。私は喫茶店の窓からそれをぼんやりと見ていた。

空き缶はその穴に入れて捨てるわけだが、時間が経てば当然ゴミ箱は満杯になる。特にその日は休日であり、人通りの多いところに設置されていたためにあっという間だった。他のドリンク容器を無理やり突っ込み、片方の穴を塞いでしまった人がいたのも大きかった。それでも空き缶を穴の中に入れようと力任せに押し込む人が何人か続き、やがて何も入らない状態になった。

するとと今度はゴミ箱の上に空き缶を置くようになった。それは「ゴミ箱には入れていないがポイ捨てではない」状態で、しかも「ゴミ箱に接しているから問題はない」と考え、罪悪感を薄めていると思われる。正直気持ちはわからなくもなかった。

ゴミ箱の上が空き缶でいっぱいになると、今度はゴミ箱の周りの地面に置き始める人が出てきた。ゴミ箱の側面と空き缶が接するように置くことによりゴミ箱の上に置くほどではないが罪悪感を減少させているのだ。

さらにその周りに置いていくようになり、徐々にゴミ箱から離れていくが、他の缶に接して置くことによりゴミ箱との繋がりを維持し、ゴミ箱の領域を勝手に広げて自分を納得させているようだった。

そうやってゴミ箱の領域が横に広がっていく一方、缶の上にさらに缶を積み上げていく人も出現し始める。ゴミ箱の上は缶が積み上げられて上へ上へと伸びていく。その様は山で見かけるケルンのようである。

さらに缶は並べられ、あるいは積み上げられていき、ゴミ箱は違法建築のようにも、ガウディ建築のようにも、ウィンチェスター・ミステリー・ハウスのようにも見えてくる。

もうさすがに缶を置く場所がなくなると「そこはゴミ箱の領域ではないよ!」と指摘し

たくなるところに空き缶が置かれ始めた。ゴミ箱からはもう数メートル以上離れている。しかし缶を倒さずに立てて置き、「これは捨てたのではなく置いただけだ」という謎の考えで、相変わらず罪悪感を減らしているようだ。

捨てていかれるのは缶だけではなくペットボトルもあり、時折瓶もあるから積み上げたものが不安定になり、積み上げられた空き缶が何かの拍子で倒れて転がった。それを誰かに蹴られる形となって私から見えなくなった。

店を出ると先ほどの缶らしきものがあった。その缶は潰れていた。狭い道を器用に走ってきたバスに潰されてしまっていたのだ。

空き缶というのはただの迷惑なゴミであることはわかっているのだが、潰れた空き缶はどれひとつ同じものはない。そんな偶然の作品に私はしばしば見惚れてしまうのだ。

自分は何かの17位になれるのか？

紙袋が落ちていた。紫色の紙袋である。
通常なら「これは落とし物ではなくただのゴミだ」と判断して歩き続けるところだ。しかしそうせずに足を止めたのは、「17位」と読める文字が書かれていたからだ。この瞬間、目の前の袋はゴミから「17位の景品」へと変わったのだ。
ところで17位である。17位がどれくらいのものなのかいまいちピンと来ない。そこで私はいろんな17位を調べてみた。
ゆるキャラグランプリ２０１９の1位は『アルクマ』であるが、17位は『ざおうさま』である。宮城県蔵王町のキャラクターでゲートボールと自転車が特技らしい。ちなみに2

018年の1位は『カパル』で、17位は1年後見事グランプリに輝く『アルクマ』である。アルクマブレイク前夜だ。

　カパルは河童であり、河童つながりで河童が好きな食べ物であるきゅうりの生産量を調べると、17位は佐賀県と出てきた。江頭2：50氏やおほしんたろう氏の出身地で、松雪泰子氏も佐賀県出身なのに公表してないとはなわ氏が歌ったことでお馴染みの佐賀県である。この大ヒットとなったはなわ氏のCD『佐賀県』であるが、これを発売したのが2003年であり、この年のCDシングル売り上げ17位はKinKi Kidsの『永遠のBLOODS』である。

　そして2020年の17位の景品。中身はわからない。想像するにはヒントがなさすぎる。そもそも何の大会の17位かもわからない。

　せめて1位の景品がわかれば、そこから順に景品を考えていくことはできる。1位が高級和牛だとしたなら、そこから食品に絞って考えていき、値段を下げていって17位は駄菓子あたりだと推測し、きっと『蒲焼さん太郎』だと考えるのだ。しかし「おいおい、『蒲焼さん太郎』はもっと上だろ！」とか「『蒲焼さん太郎』の評価が高すぎるよ。『蒲焼さん太郎』は最高でも30位だ」などと言う人もいるだろうから、やはり予想は難しい。

こうなるともう決めつけるしかない。これはＦＩＦＡ世界ランキングの17位の景品ということにしてしまおう。この原稿を書いている時点の17位はチリであるから、これはチリにプレゼントされた景品だ。「おめでとう、チリ！」と言われて渡されたものであり、中身はきっとサッカーに関するもので、サッカーのトレーディングカードかサッカーボールのスーパーボールかサッカーボール形のチョコレートあたりだろう。

決めつけが終わり、「仮に本当にチリの景品だとして、それがなぜここにあるのか？」という疑問が浮かび上がってくる前に私は再び歩き出した。

ちなみに思わず拾ってしまう落とし物第１位は財布だろうが、この紙袋は何位になるのだろう。それこそ17位なのか？

ブラウン管テレビの上は何かを置く場所だった

その昔、テレビの上には何か置いてあるものだった。各家庭によって置いてあるものに違いはあっても、制約も干渉もない「テレビの上に何か置く文化」は日本中のお茶の間に広がっていた。
テレビの上に置かれるものとして、まずは置き時計があった。木目調のシンプルな時計、デジタル時計、二頭身のウルトラマンの腹部が文字盤になっている時計、コミカルながらも力強いボブ・サップの絵柄入り時計など様々な時計がテレビを彩った。ＶＨＳのビデオデッキがテレビの上に載っている家庭もあった。その場合、さらにその上にビデオテープがあり、ラベルには『ハンマープライス』や『料理の鉄人』『沈黙の戦艦』などと書かれ

ていた。そこにも各家庭の個性があった。

とはいえ、必需品以外のものに占領されることはしばしばで、そのほとんどはそれがなくても生活には支障のないものばかりだった。しかし文化とはそういうものだ。無駄が文化を繁栄させる。かくして「テレビの上に何か置く文化」は繁栄し、各家庭は競うようにテレビの上を飾り立てた。

土産物が置いてある割合も高かった。木彫りの熊やこけし等のオーソドックスなものもあれば、博多人形やビリケンさんの置物、新撰組のかわいいキャラの置物やおばあちゃんの置物、金閣寺のスノードームなどが置かれた。もちろん、ホラ貝、太陽光で動く招き猫、煙草の箱で作った傘、野球選手のサインボール、関取の手形がプリントされた皿等も文化を支えた。

中でも圧倒的な存在感を放っていたのが『大きな将棋の駒』である。王将、金将、桂馬、達筆過ぎて何と書かれているのかわからない駒などがあった。

やがてブラウン管のテレビが姿を消して液晶の薄型テレビが主流となったわけだが、予期せぬ弊害が生じた。「テレビの上に何か置く」行為そのものが難しくなってしまったのだ。ひとつの文化が消滅したのである。

それでも私は抗うように『大きな将棋の駒』を置いてみようとしたことがあった。バランスを取りながら慎重に置こうとするも、すぐに落下してしまった。なんとかバランスを保ったとしても、何かの拍子ですぐに落ちた。しかもそこそこの重量なので落ちると事故に繋がりそうであった。薄型テレビ専用の棚やラックでは「テレビの上に置く」行為とは言えない気がしたし、置物を薄くするというコロンブスの卵的で大変優良な発想もあったがそれでは対応できないものもあった。

こうして居場所を失ったものたちが家を飛び出し道へとやってきた。だいたいは「ご自由にお持ちください」と書かれた段ボール箱の中に入れられて家の前に置かれ、そこからはぐれてしまったものだろう。道に落ちている東京土産を見ながらそんなことを思った。

テレビの上に何か置く文化は消滅してしまったが、その流れをいまだ継承している場所がある。それは蕎麦屋のショーウインドウである。そこには蠟でできたサンプルメニュー以外にも、十手や手鞠、ピエロのやじろべえなどがある。

日本で初めてたこを食べた記念碑

夜の帰り道、たこと書かれた石があった。
これはなんだ?
気になりすぎる一品である。
これは何かに使うものなのか?
そうだとしたらどうやって使うのか?
インテリア?
初めて見るものであるし、とにかく情報がゼロである。
しかしその分、想像は自由になる。私は考え始める。

たとえば石に「石」と書かれているならまだわかる。文字通り石だからである。一方「これは石ではない」と書かれていたらどうだろう。ルネ・マグリットのパイプが描かれた作品を彷彿させ、芸術性が高まるはずだ。あるいは、石に見えるが本当は石ではないパターンもある。ハリボテや紙粘土などで作られた偽物の石。本物と間違えないように「これは石ではない」と明記した優しいルネ・マグリットともいえる。

他の文字で考えると、「たこ」ではなく「定礎」だったなら「定礎なんだ」と納得できる。歩いていると「定礎」の文字はよく見るから不自然ではない。

しかし書かれている文字は「たこ」だ。となると、浮上してくる可能性は「たこ記念碑」ではないかということ。日本人が初めてたこを食べた場所やたこを食べるようになった発祥の地、またはたこの第一人者の生誕の地など、たこに関するなんらかの記念の場所ではないかという可能性だ。ただそれにしてはいかんせんチープすぎるか。

続いて思いついたのは墓石である。ここはたこの墓なのだ。ペットのたこが死んでしまってここに墓を作ったと思われる。それなら記念碑と違いチープであることは問題ない。しかしこの下に埋めることができたのかが疑問だ。

リハーサルに使われたと考えることもできる。ここでドラマの撮影が行われ、本番では本物のたこを使うが、まだ到着していないなどの理由で代役が使われた、というわけだ。

なんでも石に変えてしまう能力を手にした人が、次々と石に変えていったはいいが、どれがどれだかわからなくなってしまって「これはたこ」とメモしたものだとも考えてみたが、石に変える能力というのは、たこはたこの姿のまま石にするだろうし、普通に石にするわけではない気がして却下した。

子どもがままごとで使ったものだとも考えたが、ままごとの道具にしては重い。

と、ここまで軟体動物のたこで考えてきたが、「凧」の方の「たこ」からもしれないし、「たこ」と読む苗字の人の所有物の可能性もある。

このようにいろいろと考えさせるためだけに置かれたものかもしれない。つまりこれは大喜利のお題のようなものなのだ。

雪国の落とし物は春に見つかる

私の故郷では雪が降る。毎年降って毎年積もる。それを繰り返す。だいたい10月中旬くらいになると雪がいつ降りだしてもおかしくない雰囲気になり、気づくと雪が舞い始めて積もっていく。冬が始まることを誰もが静かに受け入れる時である。それから春までは景色のほとんどを雪が占めるようになる。気温も氷点下だ。故郷から離れて東京に住んでいるとほとんど雪など降らないから「過酷なところに住んでいたなあ」と思う。しかしそれは嫌ではなく誇りに近い。

雪が降り始めると様々なものが隠されていく。学校の校庭を埋めていた落ち葉は雪で見えなくなる。半分埋まったタイヤの遊具も見えなくなる。グラウンドも白くなっていき、

しまい忘れたボールも見えなくなる。ブランコはもう乗るところが見えない。シーソーも片側しか見えない。いつしかサッカーゴールも隠れていく。

もちろん学校だけではない。通学路のひび割れたアスファルトも、消えかかった横断歩道も雪に覆われる。道に落ちていた軍手も雑誌も空き缶も見えなくなる。曇天が広がり、山は白と葉のない木の色だけになり、日に日に色がなくなっていく。吹雪になれば景色すら消し始め、信号の光と車のライトとパチンコ店の明かりくらいしか見えなくなる。

当たり前だが雪が降ると手袋を使う人が増えるから、手袋の落とし物も増える。同時にマフラーや帽子などの冬ならではの落とし物も増え、白い雪の上だとそれらは目立つ。さらに雪が降り、落とし物は見えなくなる。しかしまた誰かが落としてそれも雪で覆われる。まるで落とし物のミルフィーユのように層が形成されていく。

昔、12月頃に帰省した時、財布を落としたことがある。どこで落としたかわからぬまま、警察に届けたが連絡はなかった。大金が入っていたわけでもなく、いつしか落としたことすら忘れてしまった4月、警察から「財布が見つかりました」と連絡が来た。雪の上に財布を落とし、その上に雪が積もって見えなくなっていたが、春の雪解けと共に現れたのだ。冬の間ずっと雪の中で私の財布は冬眠していたようなものである。

冬が終わりに近づくと雪解けの水が道で泥水を作り始め、それを車が跳ねてまだ残っている雪を汚し始める。その色は決して綺麗ではないのに春を感じさせてくれる。

そんな景色の中で見つけた黄色いバット。

見るからに子ども用のバットである。きっと冬になる直前に子どもが忘れたものだろう。バットがないことに気づいて捜し始めた頃にはもう雪で見えなくなったと想像できる。おもちゃをなくした経験は私にもあるから、かなり悲しい思いをしたのではないか。

私の財布の時と同じように、このバットと子どもが再会できますように。

春の匂いを微かに感じながら私は祈った。

落ちているベルを押してしまったばかりに

ベルが落ちていた。

他の落とし物同様なぜ落ちているのかは知る由もない。落とし物は落とすその瞬間を見ない限り、なぜ、どうして、どうやってはわからないものなのだ。

それにしてもこのベルは落としたらそれなりの音がしそうだから気づきそうなものだが、奇跡的に音が鳴らないように落ちたのか、それとも落とし主が大音量で音楽を聴いていたからわからなかったのか。

もしかしたらこれは落とし物ではないのではないか？

ふとそんなことを考える。ここに設置されたベルではないか、と。

つまりこれを押せば何かが起こるのだ。何かとは何か？　一般的な観点からすると「誰かが来る」ということだ。ここがホテルならホテルの従業員が、飲食店なら店員が来るはずだ。

ではこれを押したら誰が来るのか。試しに押してみたいが、知らない人が来たらどうしたら良いかわからない。年配の男性が部屋着で寝起きのようにだるそうに歩いてきて「何？」と言われたらどうしたら良いかわからない。

用事があったわけではないし、そもそも何をしてくれるのかもわからない。「いや、あの、その」としどろもどろになっていると「用事ないのに押したの？」と不機嫌になってしまったらもう終わりだ。「すみません！」と謝るしかない。

ここで終わればまだ良いが、謝ったら謝ったで「謝って済んだら警察いらないよね」などと言われたら長引くこと確定だ。最後にはなんらかの誠意を見せなければいけなくなる。

嫌な想像をしてしまったのでもう押せない。もっと楽しい想像をすれば良かった。たとえば押すと知らないおじさんではなく、願いを何でも叶えてくれる精霊が現れるなんかが良かった。「ランプの魔神」ならぬ「ベルの魔神」でも良い。

しかし思えば精霊も魔神も最初は知らない人であるわけだから、さっきのおじさんも願いを叶えてくれるタイプの人だったかもしれない。こちらが願いを言わなかったのがいけなかったのだ。

よし、おじさんを呼ぼう。そして願いを言おう。願いを叶えるタイプではないならすぐ走って逃げれば良い。

しかし追いかけてきたらどうしよう。しかも足が速くてぐんぐん迫ってきたらどうしよう。なんだか都市伝説のようになってきた。『ベルおじさん』と小学生の間で噂になり、「落ちているベルは絶対に押してはならない」と広まりそうではないか。自分で勝手に想像したというのに怖くなってしまった。

怖いと言えば、押したは良いが何も起こらないのも怖い。音が虚しく響くだけだ。通行人に「あの人、何やってるんだろう」と好奇の眼差しに晒されるのは嫌だ。

もしも誰か押したことがあるという人がいたら結果を教えてもらいたい。

この眼鏡が意図的に置かれているとしたならば

道に眼鏡がある。

眼鏡などなかなか落とすものではない。私は小学生の頃からずっと眼鏡をかけているからわかる。落としたら視界が突如変わるのだから絶対に気づくはずだ。私など視界がぼやけて歩くことができなくなる。それでも気づかないということはかなり酔っていたのか。あるいは事件や事故に巻き込まれたか。そうでないとしたら、あえて置かれたとしか考えられない。しかし眼鏡を道に置くことなどあるだろうか。

もしもここが道でなくフードコートならば眼鏡を置くことはある。席の確保でテーブルの上に置くからだ。またカップラーメンを作る時にはフタの上に置くことだってある。

しかしここは道。なぜなのか考えた末、何かの目印として置いてあるとの考えが浮上する。一時的に何かを埋めて隠し、その場所がわからなくならないように眼鏡を置いたというわけだ。

あるいは犯罪組織の暗号なんてことも考えられる。眼鏡が置いてあれば作戦開始の合図というわけである。

オブジェという考え方はどうだろう。「こんなところにオブジェ？」と思いつつも「いや、こんなところだからこそ芸術なのかもしれない」と思い、「それにしてもこんなに目立たないオブジェ？」と思いつつも「いや、目立たないことに芸術的意味があるのかもしれない」などと思う。芸術のことを考えるといつも思考が混乱する。いつの日か「眼鏡のオブジェ前で」とここが待ち合わせ場所になるのだろうか。「それにしては小さすぎる」と思うが「そこが狙い」なのだろう。また混乱する。

芸術といえば、そもそもこれは絵かもしれない。絵とは思えないほどの立体感があるが、トリックアートならこれくらいは可能だ。手を伸ばし、触れれば絵かどうかはすぐにわかる。もしも本物ならば「ああ、絵ではなかった」で済むのだが、問題は絵だった場合である。まずこちらが「絵だったかあ……」と敗北を感じることになり、なんだか悔しくなる。

さらに「それ、絵なんですよ。本物だと思ったでしょ」とこの眼鏡を描いた人がニヤニヤして近づいてきたらたまったもんじゃない。「絵だってことはわかってましたよ。わかっててあえて触ったんですよ」と言ってしまいそうだが、ただの負け惜しみにしか聞こえない。

あるいはこのあたりの風習と考えてみる。昔から道端に眼鏡を置く習わしがあるのだ。そうすることによって魔除けや験担ぎになるのだろう。眼鏡を落として困っていた神様に眼鏡を貸したことから始まったことなのかも、などと想像し続ける。

とはいえ、こうやっていつまでも落ちている眼鏡に対してあれこれ考えているわけにはいかず、不審がられてしまうのも困るので、私は歩き出す。

いろいろと考えたが、なにも私のように常時眼鏡をかけている人ばかりではなく、必要な時にかける人もいることに気づいた。そういった人は鞄から気づかず落としてしまうこともあるか。

私の『深夜特急』はホテルから出発しなかった

まだ時代は昭和で私も小学生だった頃、学校の帰り道に一冊の本が落ちていた。それは『のろいの館』という楳図かずお先生の漫画の単行本だった。ご存じの方もいるかと思うがその表紙が最高に怖くて、さらに夕暮れ特有の怖さも重なり、走って帰った記憶がある。どうしてあんな怖いものを売るのか、そして捨てるのか、こっちのことをまったく考えていなくて腹立たしくすらなった。

翌日の帰り道、まだ『のろいの館』があるのかどうかビクビクしながら近づくと変わらずそこにあってまた走って帰った。次の日からはそこを通らないことにした。

やがて『のろいの館』がなくなった頃、私は道に落ちているエロ本に夢中になった。同世代ならわかると思うが、インターネットがなかった当時はエロとの接点はほぼそこしかなかったのだ。貪欲に目につくエロ本は何でも拾っていた。やがて雨で濡れてページが開きづらくなったような状態が悪いものは拾わなくなった。漫画が多めのものも拾わなくなった。当時のエロ漫画は劇画であって、今のようなポップさはなく、どこか暗く、どこかリアルで、読んでいて怖くなった時もあった。『のろいの館』とはまた別の怖さだ。

それから数十年、道に落ちていたのは『地球の歩き方』だった。

１９９０年代、海外に行くなら『地球の歩き方』は必需品であり、私も海外に行く時は必ず持っていった。私が初めて行った国はタイで、ひとりで行ったわけだがその時ももちろん鞄に入れていった。

なぜタイに行くことにしたかというと、沢木耕太郎氏の『深夜特急』を読んだのがきっかけというよくある理由だ。当時そういう人はたくさんいた気がする。東南アジアを旅するところを読んだあたりで勢いだけでパスポートを作り、何も考えずに海外へと向かったわけである。

初めて成田空港から飛行機に乗り、初めて海外の空港に着き、『地球の歩き方』を頼りにホテルにたどり着いた。

空港に着いた時点でもう不安しかなかった。言葉もわからない。どこで何をすれば良いのかわからない。何の計画も立てていない。おまけに性格が社交的でもない。来たことを後悔した。

結局私はホテルからほぼ出ることなく帰国するまで過ごした。たまに出かけたとしてもホテルのそばにあった日本にもあるコンビニに行って、見たことがある食べ物を買うだけだった。タイ料理は好きだったのでせっかくだから何か……と思いつつも行動に移せなかった。勢いだけで行動するというのも善し悪しだなと強く思ったのを覚えている。

しかし、ひとりで海外に行ったという事実はできたので、帰国してから自慢話として「ひとり旅してきたよ。なんと海外に！」と言いまくった。ホテルからほぼ出ていないことなど誰も知らないし言わなければわからない。「ひとり旅は良いよね。なんてったって気楽だし」などと言って優越感に浸った。

この古本屋で購入したと思われる本は持ち主にどんな思い出を刻んだのだろうか。

突っ張り棒が人生の指針となる日

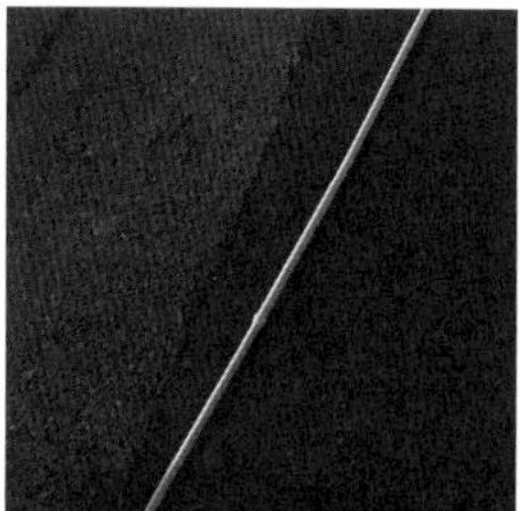

一人暮らしを始めた時に炊飯器や布団や掃除機などを買った。冷蔵庫はビジネスホテルにあるような小さい備え付けのものがあったので買わなかった。洗濯機は前の住人が置いていった二層式のものが外にあった。

その後突っ張り棒も買った。友達の家に行った時に突っ張り棒があって、私はその時に初めてその棒を知った。なんだか便利そうだったので数本買った。

キッチンとリビングに仕切りを作ったり、トイレに棚を作ったり、服を掛ける場所を作ったりと、早速突っ張り棒を活用した。しかしキッチンとリビングの仕切りは邪魔になってすぐ外した。トイレの棚は物を置き過ぎて落ちてしまってそのままになった。服の方も掛け過ぎて落ちてしまったが、収納がない部屋であったのでこちらは直して死守した。しかしまた落ちて、その都度直すことを繰り返した。

数年後引っ越しをして、突っ張り棒を持っていったのだが新しい家では長さが合わなくて新たに買い直した。古い突っ張り棒はいつか使う気がして捨てなかった。

そうしているうちにかなりの月日が流れ、先日の引っ越しの時にまだ捨てていなかった突っ張り棒を眺めながら「本当に使うのか？」と私は考えた。突っ張り棒は日々進化していって、初めて買った時よりも耐久性や機能性に優れているものがたくさんある。さすがにもう使わないのではないか。

たしかに何かを吊ることはもうない。しかし、たとえば隙間に入ったものを取る時に使えるのではないだろうか？　冷蔵庫と壁の隙間に入ってしまったものを取るには突っ張り棒しかないのではないか。

こたつに入って、そこから出たくない時がある。そんな時、こたつから出ることなく遠くのものを引き寄せる時にも突っ張り棒は使える。リモコンや本、ゲームのコントローラー、転がってしまったみかんなどこちらに引き寄せ放題だ。リモコンに至っては引き寄せなくても棒でボタンを押すことができる。やはり取っておいて損はない。私は新しい部屋に古い突っ張り棒を持っていくことにした。

そんなある日、道に突っ張り棒が落ちていた。突っ張り棒にはインドアのイメージがあり、外で見ることは珍しい。護身用で持ち歩いていたのだろうか。それなら落とす可能性は低い。

「もしや……！」

ある考えが頭に浮かぶ。これは突っ張り棒に進むべき方向を委ねた痕跡なのかもしれない。突っ張り棒を立てて手を離し倒れた方向へ進むというわけだ。

この突っ張り棒が指し示す方へと歩いていった人がどうなったのかわからない。進んだ方向は勤め先の会社とは反対側であったかもしれないし、学校とは別の方向だったかもしれないし、故郷の方角かもしれない。突っ張り棒の使い道をあれこれ考えたが、人生の選択時にも使えるとは想像できなかった。

次回の引っ越し先は突っ張り棒に決めてもらおうかな、なんてことを思った。やはり突っ張り棒は捨てられない。

文字が静かに落ちている世界

年齢と共に静寂を好むようになった。

昔は賑やかな音楽を流しっぱなしだったり、テレビをつけっぱなしだったりしたもので、それでもまったく平気だった。引っ越しで部屋を借りる時も音のことなど何も考えずに、安ければ賑やかな場所でも構わなかったし、便利であれば一日中車通りの多い道沿いでも問題なかった。一度線路の横に住んでいたがあっという間に慣れた。下がカラオケスナックだったこともあったがこちらも慣れた。

ところが、だんだんと音を遠ざけるようになった。仕事の時に音楽を流したとしても美容室のＢＧＭのような作業を邪魔しないものになり、テレビは必要な時しかつけなくなっ

た。引っ越しする時は駅からの距離は気にせず静かな場所を選ぶようになった。

かといってまったくの無音が良いというわけではない。静かでありつつもどこからかかすかに聞こえてくる音が好きだ。それは風の音だったり、どこかの作業場で木を切っている音だったり、学校のチャイムの音だったり、時折通る廃品回収車の音だったり、加湿器の音だったりする。

ふと思い出すのが子どもの頃によく行っていた祖父母の家のことで、テレビがついていても相撲やニュースが静かに流れているだけで、聞こえてくるのは台所で何かを煮ている音や柱時計の音だった。正直子どもにはつまらなかった。また、帰省するといつの間にか実家がかつての祖父母の家のようになっていて驚いた。賑やかなイメージしかなかった実家が、ストーブの音や外から聞こえるトンビの鳴き声くらいしかないのだ。「ああ、私もこうやっていつか祖父母の家のような生活になるんだな」と感じ、「自分も歳をとったなあ」と思うのだ。

新型コロナウイルスの自粛期間はさらに静かだった。時折散歩で公園に行っても誰もいなくて、人の話し声はまったくない。その代わり他の音がはっきりと聞こえた。都会から田舎に行くと蛙の鳴き声や虫の声がうるさいほどに聞こえる時のようだった。

特に鳥の鳴き声が良く聞こえるようになった気がした。これほどまでに鳴き声が聞こえていたのに今まで気づかなかったなんて。いつも聞こえていたのはカラスか鳩くらいだったがそれはごく一部だったのだ。

雨が降ると、鳥の声はせず雨の音しか聞こえない状態になる。静寂と雨音。それが心地よくて歩いていると水たまりの中に文字が落ちていた。「文字が落ちている」なんて実に詩的なことだな、なんてことを思った。

その文字は「店」という漢字一文字であった。

落とし物というものは静かなものである。いつだって何も言わずそこにある。しかし今日の落とし物は特に静かだった。「店」という漢字には賑やかな印象があるというのに不思議なものだ。

金属製らしく角度によっては光って見える時もある。フォントからある程度の歴史がありそうな気もする。どこかの看板から落ちたものだろうと思い、周りを見渡したがそれらしいものはない。もしや朝方雨脚が強かった時に流れてきたのか。

私は「店」があった場所を探そうと、もう少し歩くことにした。

落とし物は何かの鍵である

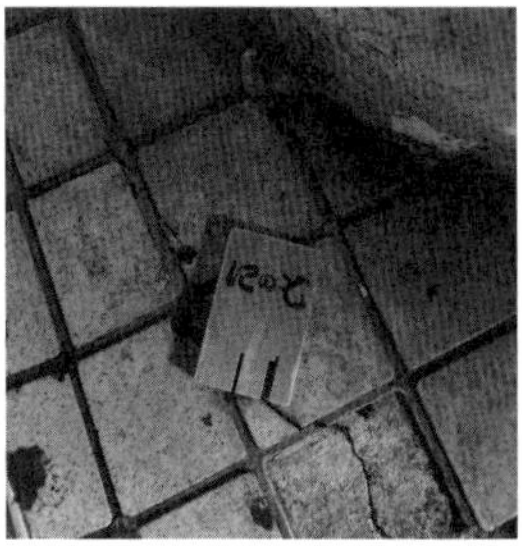

この木製の札は鍵である。銭湯や居酒屋で見ることができる下駄箱の鍵だ。正式名称は「松竹錠」というらしい。

だいたいは数字が書かれているか、あるいはひらがなと数字の組み合わせが書かれている。この落とし物は「にの七」と書かれた後者のパターンである。

私がよく行く居酒屋もこの鍵であってそこは数字のみであるのだが、靴を入れる時に4や9を避けている自分に気づく。居酒屋の下駄箱であっても験を担いでしまうのだ。他に13も避ける。42や49も、もしも666まであるなら（それはかなり大きい居酒屋になるが）、それも避ける。それらはいわゆる忌み数と呼ばれているもので、最近調べたらイタリアでは17が、ベトナムだと3がそうであるようで、私が選択できる下駄箱はさらに少なくなってしまった。

だからと言って7を真っ先に選ぶのも「あいつ7を選んでるよ」と思われたり、「7を選んでますね。もしかして験担ぎですか？」と指摘されたりするのも嫌なので、瞬時に忌み数を避け、同時に縁起が良いとされる7や8も避け、何も気にしていない振る舞いで15くらいを選ぶようにしている。

ところでなぜこの鍵がここにあるのか？　たとえば家の鍵だとか自転車の鍵だとかが落ちていても不思議ではない。それらは持ち歩くものであるから落とす可能性があるからだ。しかしこのタイプの鍵は持ち歩かない。

それなのにこの鍵が道に落ちているということは、店から鍵を持ってきたということになる。そうなると下駄箱を開けていないわけであるから、靴を履かずにここまで来た人がいるということになる。銭湯では考えづらいが、居酒屋だとお酒のせいでそのような事態になることは十分考えられる。

もうひとつここに鍵がある理由として、帰り際に使っていない下駄箱の鍵を勝手に持ってきたということがある。なぜ持ってきたのかはわからないが、こちらもかなり酔っ払っていたか、それとも何かの記念に持ってきたのか。いずれにせよ店からすると迷惑な話である。

そうやって鍵を見ているうちにふと、星新一氏のあるショートショートを思い出した。文字通り『鍵』という話である。

「ある男が鍵を拾い、その鍵で開けられる扉を探して歩き続けて……」

ネタバレになってしまうので詳しくは説明できないがそんな内容だ。

私もこの鍵を拾って開けられる下駄箱を探してみようか。そこにはどんな靴が入っているのだろうか。

その道中でまた別の落とし物に出会うことだろう。

次の落とし物はなんだろう。

この単行本は、ウェブメディア「よみタイ」の連載
「東京落物百景」（二〇一八年一〇月〜二〇二〇年九月）より
セレクト、加筆修正、書き下ろしを加えたものです。

せきしろ

1970年、北海道生まれ。作家・俳人。

『去年ルノアールで』『海辺の週刊大衆』『1990年、何もないと思っていた私にハガキがあった』『たとえる技術』など著書多数。

共著に又吉直樹との『カキフライが無いなら来なかった』『まさかジープで来るとは』『蕎麦湯が来ない』、西加奈子との『ダイオウイカは知らないでしょう』などがある。

ブックデザイン — 小野英作
写真 — せきしろ　島 浩
校正 — 鷗来堂
編集 — 宮崎幸二

その落《お》とし物《もの》は誰《だれ》かの形見《かたみ》かもしれない

2021年4月10日　第1刷発行

著　者　せきしろ

発行者　樋口尚也

発行所　株式会社 集英社

〒101-8050　東京都千代田区一ツ橋 2-5-10

電話　編集部　03-3230-6143

読者係　03-3230-6080

販売部　03-3230-6393（書店専用）

印刷所　大日本印刷株式会社

製本所　株式会社ブックアート

ISBN 978-4-08-788057-1　C0095
定価はカバーに表示してあります。